Farhad Kaleel Jeto Alsilo

Der Tag, an dem meine Kindheit endete

Trabanten Verlag Berlin

2. Auflage März 2024

Veröffentlicht im Trabanten Verlag
Berlin, November 2021

Redaktion, Lektorat: Nora Papajewski
Co-Lektorat: Inge Höch
Umschlagkonzept: Fabian Leonhard
Umschlagabbildung: Farhad Alsilo (Privatfoto)
Layout, Satz: Mareike Ortmeier, Kreativbüro 2D
ISBN: 978-3-9822649-9-8

www.trabantenverlag.de

Dieses Buch widme ich
meinem Vater, meiner Mutter
und meinen Geschwistern

Vorwort

**DÜZEN TEKKAL: „Farhad Alsilo –
Ein junger Mann tritt aus dem Schatten des Genozids“**
Berlin, November 2021

Es ist Dienstag, der 3. August 2021, der siebte Jahrestag des Genozids an den Jesiden im Irak. Mit meinem Team von HÁWAR.help bin ich nach Stuttgart gereist, um hier an diesen ersten Völkermord des 21. Jahrhunderts zu erinnern. Mit meinen Schwestern habe ich die Organisation vor sechs Jahren auf der Asche dieses Völkermords gegründet, als eine Antwort auf diesen. Wir haben an diesem Tag zu einer Filmvorführung unseres Dokumentarfilms „JIYAN – Die vergessenen Opfer des IS“ geladen. Die ersten Gäste finden sich ein, unter ihnen alte Bekannte und Freunde, aber auch bislang unbekannte Gesichter. Unter ihnen ein junger Jeside namens Farhad, mit dem ich ins Gespräch komme. In seinen Händen hält er einen Vordruck dieses Buches. Mein Blick fällt auf die roten Letter auf dem Cover: „3.8.2014“, ein Datum, das ich selbst nie vergessen werde, solange ich lebe. Ich wechsle verständige Blicke mit Farhad. Vor mir steht ein aufgeweckter, lebhaft berichtender junger Mann, an dem kaum etwas davon kündet, was er erleben musste. Dabei haben die Augen des 19-Jährigen Dinge gesehen, die kaum vorstellbar sind – und schon gar nicht Teil der Welt eines Kindes sein sollten. Sieben Jahre sind seit dem Tag vergangen, an dem seine Kindheit zu Ende war. Beendet von der Grausamkeit des so genannten „Islamischen Staats“. Es ist der Tag an dem die selbsternannten Gotteskrieger seinen Vater Khaleel Alsilo, seinen Onkel und Cousins töteten, seine Schwestern und Cousinen verschleppten und ihn selbst und die übrigen Familienangehörigen zur Flucht zwangen – zu diesem Zeitpunkt ist Farhad 11 Jahre alt. Es ist ein Bericht, der in diesem Buch niedergelegt ist und der unter die Haut geht. Er erzählt von einer Kindheit und Jugend im Schatten des Genozids, aus dem Farhad Stück für Stück heraustritt. Wie ihm das gelingt, ist einfach nur bemerkenswert! Bis zu diesem Tag, der alles veränderte, ist es eine glückliche Kindheit. Eine die zwar entbehrungsreich ist, aber die auch angefüllt ist von Festen, von Spiel, ersten Aufgaben für die Familie, Lernerfahrungen und Glück im Kreise seiner Liebsten, im kleinen, von vielen Jesiden bewohnten Dorf Tel Afer.

Die Männer, die das alles zerstören sollten, kommen in der Nacht. Das Unbeschreibliche bricht über die jesidische Familie herein. Szenen, wie die hier im Buch geschilderten dürften sich so oder ähnlich hundertfach ereignet haben in diesen für die Jesiden schweren Stunden. Verfolgt und mit dem Tode bedroht werden sie, seit es sie gibt. Es ist dies eine bittere Kontinuität in der Geschichte dieser ethnisch-religiösen Minderheit. Der jüngste Völkermord ist der 72. Die „72" steht im Jesidentum für „unendlich / zahllos". Im August 2014 wäre die Flamme der Jesiden fast gänzlich erstickt worden.

Hunderte sterben auf der Flucht vor dem IS, in der Wüste, unter der erbarmungslosen Sonne des Irak. Doch wie durch ein Wunder gelingt vielen auch die Flucht, den meisten über das Sindschar-Gebirge. Darunter Farhads Familie, die sich über viele Umwege nach Dohuk durchschlägt, der Hauptstadt der Autonomen Region Kurdistan, immer mit der Angst im Nacken, doch noch von den IS-Schergen eingeholt zu werden. In vielen Situationen des Überlebenskampfes ist sich jeder zunächst selbst der nächste. Auch das ist etwas, was auf das Konto des „Islamischen Staats" geht: Das Haupt einer stolzen, würdevollen, großmütigen Gemeinschaft wird in den Staub gedrückt. Doch immer wieder scheint etwas von diesem Geist in den bangen Stunden, Tagen, Wochen und Monaten auf: Farhad berichtet von Begegnungen mit Menschen, die bereit

sind, Essen und Wasser, Wohnraum und Kleidung zu teilen, von der Bereitschaft zur gegenseitigen Hilfe unter den Flüchtenden – manche sogar bereit dazu, verschleppte Schwestern und Cousinen unter Einsatz ihres Lebens zu befreien. Auch unter den Kurden in Dohuk sind viele, die mit Spenden und der Bereitstellung von Unterkünften helfen.
Der IS konnte militärisch zwar spät, letztlich aber doch auf dem offenen Schlachtfeld besiegt werden. Keiner weiß, wann die jesidischen Siedlungsgebiete wieder ohne Gefahr bewohnbar sein werden, denn der IS hat in seinem perfiden Vernichtungswillen das Gebiet mit Landminen übersät. Die Städte und Dörfer gleichen noch sieben Jahre nach dem Überfall einem Schlachtfeld.
Doch in der Zwischenzeit gelingt Farhads Familie der Neuanfang in Deutschland, in der Stadt, in der wir uns am Jahrestag des Genozids treffen, wo die wohl größte jesidische Diaspora-Community Deutschlands zu Hause ist. Die meisten von ihnen sind mit einem vom Land Baden-Württemberg eingerichteten Flüchtlingssonderkontingent nach Deutschland gekommen, an dessen Zustandekommen maßgeblich Dr. Michael Blume beteiligt war, der ebenfalls ein Vorwort für diesen Band verfasst hat. Dafür ist ihnen, dem Ministerpräsidenten Winfried Kretschmann, dem Trauma-Psychologen Jan Ilhan Kizilhan und ihren MitarbeiterInnen gar nicht genug zu danken!

Das nackte Leben der Neuankömmlinge war gerettet. Doch wie wird aus dem nackten Überleben ein Weiterleben? Leicht ist es keinesfalls, sich ein neues Leben hier aufzubauen. Da sind zum einen die widrigen Lebensumstände in den Aufnahmeeinrichtungen für Flüchtlinge, zum anderen das Unverständnis des Umfelds, häufig geprägt von Unwissen um die Hinter- und Fluchtgründe der Menschen. Doch der Ton in Farhads Schilderungen wird nie verbittert, nie anklagend. Es gehört zu den vielen bemerkenswerten Dingen, die diese

Geschichte ausmacht. Farhad hatte im Irak schon die Schule besucht und erste mehr oder weniger glückliche Bildungserfahrungen gemacht. Doch die Talente des Jungen können sich hier im sicheren Deutschland vollends entfalten: Er nimmt den Schulbesuch wieder auf, wird mehrmals Klassenbester, besucht die Realschule, anschließend das technische Gymnasium. Mit sehr viel Fleiß und einem schier unstillbaren Wissenshunger lernt er die deutsche Sprache, schöpft neuen Lebensmut und schmiedet Pläne für sein Weiterleben nach dem Überleben.

Insofern ist dieses Buch auch ein Bericht vom Ankommen, sich Zurechtfinden im neuen Alltag in Deutschland, in dem so vieles fremd ist. Wir sehen das uns wohlvertraute Land durch die Augen dieses Jungen, der so viel durchmachen musste, der sich über so vieles wundert, was wir tagtäglich für selbstverständlich nehmen: Fließend sauberes Wasser, randvoll mit Waren angefüllte Supermärkte, Schulklassen, in denen Kinder keine Angst vor körperlichen Strafen haben müssen. Der junge Farhad blüht wieder auf, sucht und findet Anschluss an Gleichaltrige. Nein, der IS hat diesen Jungen nicht gebrochen. Das wird mir schnell klar bei unserem ersten Treffen. Ich verabschiede mich von ihm mit dem Versprechen, dass wir eine Publikationsmöglichkeit für sein Buch finden werden. Schon nach wenigen Wochen kommt der Kontakt zu Fabian Leonhard und dem Trabanten Verlag zustande. Den Beweis für Farhads unbändigen Willen, sein Leben in die Hand zu nehmen und seinen Weg zu gehen, halten wir nun in den Händen. Darüber, dass das möglich wurde, freue ich mich sehr!
Es ist ein Buch, das uns zeigt, dass die Opfer nicht vergessen sind, weder die Toten noch die Überlebenden – wenn wir uns erinnern, immer wieder aufs Neue.

Düzen Tekkal *Berlin, November 2021*

Vorwort

DR. MICHAEL BLUME: „Jedes Leben zählt."
Stuttgart, August 2021

Als ich 2015 die Leitung des „Sonderkontingentes Baden-Württemberg für besonders schutzbedürftige Frauen und Kinder aus dem Nordirak" übernehmen durfte, gab es auch viel Ablehnung. Viele auch wohlmeinende Menschen fanden es zu gefährlich, dass deutsche Staatsbedienstete in ein Kriegsgebiet fahren, um von dort aus Verfolgte in Sicherheit zu bringen. Das deutsche Recht sah diese Möglichkeit zwar vor, doch es war noch nie probiert worden. Doch gemeinsam mit dem Traumapsychologen Prof. Jan-Ilhan Kizilhan, dem Menschenrechtsaktivisten Mirza Dinnayi und mit Journalistinnen wie Tezcan und Düzen Tekkal begriffen wir im Irak sehr schnell: Genau diese Frauen und Kinder, die oft durch die Hölle gegangen waren und schlimmste Gewalt gesehen oder erlitten hatten, würden es nicht alleine über die Balkanroute bis nach Mitteleuropa schaffen. Wer also nur Menschen an den deutschen Grenzen aufzunehmen bereit war, gab genau diese besonders Schutzbedürftigen auf, die oft auch materiell alles verloren hatten – und keine Schlepper würden bezahlen können. Selbst in den Flüchtlingslagern waren die Menschen, die etwa Väter und Brüder verloren hatten sowie um Entführte bangten, in einer besonders schwachen Position.

Ein zweiter Einwand besagte: „Aber Ihr könnt ja doch nicht allen helfen!"

Darauf einigten wir uns im Sonderkontingent-Team auf eine gemeinsame Antwort: „Ja, das stimmt. Wir können nicht allen helfen. Aber dieser Frau, diesem Mädchen, diesem Jungen – können wir helfen. Und jedes Leben zählt."

Manchmal berichteten die Sonderkontingent-Mitarbeiterin Ayse Özbabacan und ich dazu von einem 11jährigen Jungen, der Vater und engste Angehörige an den Terror des selbsternannten „Islamischen Staates" verloren hatte und uns dennoch im Aufnahmebüro in Kurdistan-Irak vor allem eine Frage stellte: „Wenn ich nach Deutschland komme, werde ich dann in die Schule gehen dürfen?"

Dieser Junge war Farhad Alsilo. Wir sahen ein Kind, das stärker als Hass und Terror war. Das leben wollte. Das lernen wollte.

Und nun legt uns dieser inzwischen erwachsene Farhad ein Buch in deutscher Sprache vor. Es ist selbstgeschrieben. Es ist wahr. Und es ist stark.

Wir bekommen eine Ahnung von der Gewalt der Klimakrise, die den gesamten Nahen und Mittleren Osten zerstört, wenn wir lesen, dass die Familien seines Dorfes wegen der Hitze auf den Dächern schlafen mussten. Wir blicken mit ihm durch die Löcher der Küchenmauer, die gegen die Temperaturen gebohrt worden waren. Wir begreifen, dass Kinder im Kreise ihrer Lieben dennoch eine glückliche Kindheit erleben konnten. Und wir beginnen zu verstehen, was mit religiösen und ethnischen Minderheiten geschieht, wenn das Wasser und die Zukunft knapp und der Hass immer größer wird.

Farhads Familie hat die mörderische Gewalt, den Terror unseres Jahrhunderts erlebt. Seine Kindheit wurde durch Fanatiker beendet. Doch er war – ist – stärker als sie.

Sie werden in diesem Buch von Farhad Alsilo vieles, aber keinen Hass finden. Farhad liebt die Menschen trotz allem – seine Familie besonders, die Gutmeinenden sehr. Aber sogar über den Vernichtungswillen der IS-Terroristen und den bitteren Rassismus mancher Deutscher ist er hinausgewachsen. Wie nur wenige Menschen hat Farhad – schon als Kind im Irak – begriffen, wie wichtig Bildung ist, wenn wir als Menschen eine gemeinsame Zukunft haben wollen.

Deswegen wünsche ich mir, dass Sie mit der Familie Alsilo auch, aber nicht nur Mitleid empfinden mögen. Ich wünsche Ihnen, dass Sie in diesem Buch die gleiche Stärke von Farhads Mutter erblicken, die trotz allem für ihre Kinder weiterleben wollte. Von Farhads Schwestern, denen die Terroristen nicht die Hoffnung stehlen konnten. Von der Spiritualität des Ezidentums, das die Engel besonders ehrt und im Konzert der Religionen unserer Erde nicht verstummen sollte. Und ich wünsche Ihnen, dass Sie die Stärke eines 11-jährigen entdecken, dessen Seele stärker war als jeder Terror.

Farhad ist schon jetzt ein Gewinn für unser Land, für unsere gemeinsame Zukunft. Weil er aufklärt und mitnimmt, in diesem Buch, auch auf YouTube. Weil er ein Lernender ist – und genau damit ein Vorbild auch für andere, nicht nur für junge und zugewanderte Menschen. Wer einmal durch Farhads Augen in Hass und Hoffnung gesehen hat, wird die heutige Welt besser verstehen und mehr für Bildung, für unsere Zukunft als Menschen tun wollen. Auch deswegen ist dieses Buch so wertvoll. Weil Farhad bewiesen hat, dass es wahr ist: Jedes Leben zählt.

Dr. Michael Blume *Stuttgart, August 2021*

Dr. Michael Blume leitete das Sonderkontingent des Landes Baden-Württemberg, mit dem 1.100 von IS-Gewalt betroffene, vor allem ezidische Frauen und Kinder aus Kurdistan-Irak nach Baden-Württemberg, Niedersachsen und Schleswig Holstein evakuiert werden konnten. Auch Farhad Alsilo und Überlebende seiner Familie konnten so ein neues Zuhause in Deutschland finden.

3. August 2014
Der Tag, an dem meine Kindheit endete

Herausgeberin: Nora Papajewski

Freie Journalistin und Texterin, lebt und arbeitet in Stuttgart. Mit 65 Jahren hat sie ihr ökofaires Modelabel EcoCarrots gegründet: Bio.Fair.Vegan. Klimabewusst. CO2-reduziert. Vom ersten Tag an. Sie fordert und fördert seit 11 Jahren Klima-, Arten- und Umweltschutz und unterstützt tatkräftig den Fairen Handel sowie sinnstiftende und soziale Projekte. Für ihr beispielhaftes unternehmerisches Denken und Handeln sowie für ihr zivilgesellschaftliches Engagement wurde Nora Papajewski 2019 für den Zugabe Preis der Körber Stiftung nominiert (Preis für soziale Gründer:innen 60plus).

Was vorher geschah

Es ist später Nachmittag. Traurig hocke ich auf dem Boden unseres Hauses und spiele allein, denn meine beiden Geschwister wollten den Fünfjährigen nicht mit nach draußen nehmen. Meine Tante ist im Badezimmer und meine Mutter, meine ältere Schwester und ein älterer Bruder sind noch Zuhause. Vor zwei Stunden war noch Ibrahim, mein ältester Bruder da. Er hatte sich von Mutter verabschiedet, um nach seinen drei Läden zu schauen, die er in der Mitte des Dorfes führt, ein Lebensmittelladen, ein Laden für Geschirr und ein Laden für Gold.

Plötzlich bewegte sich die Erde rings um mich, die Wände wankten, von der Zimmerdecke fielen Teile herunter und die Fensterscheiben zerbarsten. Das Haus war alt und selbst gebaut und nicht besonders stabil.

Panisch rannte ich zu Mutter. Was war geschehen? Ein Erdbeben? Oder hatte ein Krieg begonnen? Erst später erfuhren wir von Bewohnern anderer Dörfer, dass sie aus der Ferne eine Explosion und eine Rauchwolke beobachtet hatten. Tatsächlich waren vier Lkws in die Luft geflogen.

Der blutige Angriff am 14. August 2007

Für einen Moment stand für uns die Welt komplett still, und gleichzeitig war Weltuntergang. Ich erinnere mich noch genau daran, dass ich mit meiner Schwester und anderen kleinen Cousinen in das Haus unserer Nachbarn gebracht wurde, wo meine ältere Cousine auf uns aufpasste und uns nicht rausließ, bis es dunkel wurde. Seit 19 Uhr hatten meine beiden jungen Geschwister und ich Mutter, Vater und die anderen Geschwister nicht gesehen.

Dann kam endlich eine meiner Schwestern, um uns ins Bett zu bringen. Als ich sie sah, beruhigte ich mich etwas, denn ich hatte gedacht, ich würde niemanden aus meiner Familie wiedersehen. Seit dem Moment der Explosion hatte keines von uns Kindern aufgehört zu weinen, und so gingen wir auch ins Bett. Erst nach langer Zeit gelang es meiner Schwester, uns mit Geschichten zu beruhigen, und irgendwann schliefen wir erschöpft draußen auf einem Bett ein.

Als ich am nächsten Morgen aufwachte, sah ich meine ganze Familie und alle Nachbarsfamilien in unserem Wohnzimmer und draußen vor dem Haus schreien und weinen. Alle standen im Kreis um eine Decke, rauften sich die Haare, schlugen mit den Köpfen gegen die Wand, wie es Tradition ist bei den Jesiden, wenn jemand gestorben ist und sie trauern.

Und in dem Moment habe ich selbst gemerkt, dass jemand gestorben sein muss und fing deshalb auch an zu weinen. Ich erfuhr von den Verwandten, dass mein ältester Bruder, mein Cousin und ein anderer Cousin mit seinem Vater verschwunden bzw. tot seien.

Am Tatort

Ohne zu zögern waren alle bereits am Abend direkt nach der Explosion zum etwa einen Kilometer entfernten Tatort gerannt, denn sie wussten ja, dass alle vier zu dieser Zeit dort in ihren Läden waren. Deshalb hatte ich seit der Explosion niemanden von meiner Familie mehr gesehen. Wie sie später berichteten, fanden sie dort nur Leichen, Blut und abgerissene Körperteile. Schwarze Helikopter waren gelandet, aus denen Soldaten sprangen. Sie schossen auf jeden, der nach den Leichen seiner Angehörigen suchte oder Leichen anfasste.

Und während einige der Soldaten die Leichen bewachten, packten andere alle Verletzten, die sich noch bewegten, in die Helikopter und flogen mit ihnen davon. Nur diejenigen, die so gering verletzt waren, dass sie noch selbst nach Hause rennen konnten, entkamen den Soldaten. Das was der Grund, weshalb viele aus dem Dorf ihre Angehörigen nicht mehr fanden.

Ein grauenhaftes Bild

Meine Mutter hatte ein Bein und einige andere Körperteile gefunden. Da sie glaubte, es seien Körperteile meines Bruders, hatte sie sie in eine Decke gepackt und mit nach Hause genommen. Jetzt verstand ich erst den Grund für das Weinen und Wehklagen.
In einer anderen Ecke sah ich meinen zweitältesten Bruder schreiend zwischen meinen weinenden Schwestern. Das grauenhafte Bild, dass er am Tatort hatte sehen müssen, hatte ihn in einen solchen Schockzustand versetzt, dass er seine Sprache verloren hatte. Einige kümmerten sich um ihn und auch alle anderen, die in ihrer Verzweiflung und Wut mit den Köpfen gegen die Wand schlugen. Die anderen packten die Körperteile in der Decke ins Auto und brachten sie zum Friedhof. Als sie vom Friedhof zurückkehrten, nachdem sie die Leichenteile in ein schnell hergerichtetes Grab gelegt hatten, erfuhren wir von Bekannten, dass Nachbarn an einem Tattoo erkannt hatten, dass diese Körperteile zu ihrem Sohn gehörten.

Wo ist Ibrahim, mein ältester Bruder?

Meine Familie und die zwei Familien meines Onkels waren völlig am Boden zerstört. Wir hatten vier Menschen verloren, auch wenn wir ihre Leichen nicht gefunden hatten! Wir veranstalteten eine große Trauerfeier für alle vier, weil wir die Hoffnung verloren hatten, dass sie noch lebten.

Es war nicht der erste Verlust für unsere Familie. Bevor ich geboren wurde, starb mein kleiner Bruder mit nur acht Monaten. Er starb an einer Krankheit, die nur mit teuren Tabletten geheilt werden konnte. Damals war meine Familie eine der ärmsten im Dorf, und meine Eltern konnten sich die Medizin nicht leisten.

Als ich drei Jahre alt war, starb eine meiner Schwestern. Ich erinnere mich noch daran, dass Vater nach der Arbeit runde farbige Kaugummis für sie mitbrachte, die sie mir und einem anderen Bruder gab. Mutter erinnert sich, dass sie eines Abends starke Kopfschmerzen hatte und am nächsten Tag nicht mehr aufwachte. Das waren noch zwei weitere offene Wunden in unserer Familie, und nun war Ibrahim die dritte Wunde.

Ein Jahr später

Es verging ein Jahr und genau am 14.08., dem Datum, an dem das Ganze geschehen ist, kam unsere Nachbarin, die nicht einmal hundert Meter weit weg von uns gewohnt hat, zu uns und erzählte und schwor sogar, dass sie meinen Bruder, die beiden Cousins und den Onkel im Fernsehen gesehen habe. Sie hätten gesagt, wie sie heißen, dass es ihnen gut gehe und ihre Familien die Hoffnung, dass sie irgendwann wieder zurückkommen, nicht verlieren sollten. Sie hätten gesagt, wo sie sind und berichtet, dass sie immer wieder woanders hingebracht werden.

Wir waren schockiert und konnten es nicht glauben und haben nicht wirklich auf alles geachtet, was sie gesagt hat und haben uns deshalb keinen Kopf darüber gemacht.

Als dann noch ein Jahr vergangen war, berichtet wieder genau am Datum des 14.08. jemand aus unserem Dorf, dass er die Vier im Fernsehen gesehen hat und dass sie das Gleiche gesagt haben, was sie in ihrem ersten Interview gesagt haben. Er meinte, sie hätten enttäuscht gewirkt, weil ihre Familien nicht nach ihnen gesucht hätten.

Ab diesem Zeitpunkt setzten wir alles in Bewegung, um etwas über sie herauszufinden. Überall, wo wir jemanden hatten, der für uns in Krankenhäusern oder Ämtern nachfragen konnte, ließen wir nichts unversucht. Doch es brachte nichts. Trotzdem gaben wir nicht auf und waren immer bereit, alles zu tun, was wir leisten konnten.

Ein neuer Anfang

Wir waren am Boden zerstört und hatten nichts mehr. Alle drei Läden waren weg. Alles war weg, das Gold und all die anderen Sachen, die in den Läden gewesen waren. Und mein Bruder war weg, Ibrahim, der so intelligent war und alles wusste, und ohne den mein Vater nichts entschied. Ibrahim hatte sich um uns alle und um die Läden gekümmert, durch ihn waren wir eine der reichsten und glücklichsten Familien in unserem Dorf geworden. Doch als es ihn nicht mehr gab, wurde plötzlich alles ganz anders. Vor allem finanziell waren wir am Ende. Vater fing ganz alleine wieder bei Null an. Er schuftete unermüdlich, denn er wusste, jetzt, wo Ibrahim nicht mehr da war, hing alles von ihm ab. Er musste Tag für Tag in der prallen Hitze hart arbeiten, er brachte den Leuten, die ein eigenes Haus bauen wollten, Zementwaren und bekam dafür dann einige irakische Dinars. Er handelte mit Steinen, Sand und mit allem, was man sonst für den Bau eines Hauses braucht. Im Laufe der Zeit hat er sich Freunde gemacht und allmählich im Bauhandel Fuß gefasst.

Ein sicheres Dach über dem Kopf

Da Vater alles günstiger besorgen konnte und fast alle meine Onkel mütterlicherseits Zimmerleute waren, wollte er auch uns ein neues Haus bauen und raus aus den baufälligen drei kleinen Zimmern, in denen wir wohnten. Räume, die mit Lehm gebaut waren. Wenn es regnete kam Wasser durchs Dach. Es gab ein Wohnzimmer, zwei Schlafzimmer, ein Bad ohne Heizung und eine Küche. Das Leben in dem Haus fiel uns schwer, denn die Räume waren sehr kalt, und zudem haben wir uns darin nicht sicher gefühlt. Allerdings ging es damals Jahre lang für meine Familie vor allem zunächst darum, ein Dach über dem Kopf und ein Stück Brot auf dem Tisch zu haben. Wir schafften es dann, uns irgendwann ein neues Haus zu bauen, in dem wir uns wohler fühlten und wo es uns viel besser ging. Es war wärmer, moderner und viel größer.

Die Idee, in ein anderes Dorf oder in die Stadt zu ziehen, weil wir eh ein neues Haus bauen wollten, lehnte mein Vater strikt ab, denn in unserem Dorf war er zuhause, hier hatte er schon immer gewohnt, mit allen seinen Brüdern um sich herum. Ein Dorf, wo wir uns rundum geborgen fühlten, denn fast alle kannten sich. Wir nannten uns Bruder und Schwester. Nur circa 10.000 Menschen lebten in unserem Dorf Tul Aser, arme wie auch einige wenige wohlhabende. Es gab auch Menschen, die nur wenig zum Essen hatten, aber trotzdem alle dankbar und zufrieden waren.

Fasten und Feiern

Jeder befolgte die religiösen Vorschriften wie auch die anderen Rituale und Traditionen, z.B. die dreiwöchige Fastenzeit von Anfang November bis Dezember. Da durften wir an drei Tagen in der Woche, von Sonnenaufgang bis Sonnenuntergang, nichts essen und nichts trinken. Und am vierten Tag wurde gefeiert. Jeder Fastentag verlief nach dem gleichen Muster. Um drei Uhr früh weckte uns Mutter, wir gingen alle in die Küche und es wurde gekocht. Bis um sechs Uhr mussten wir gegessen und genug getrunken haben, denn bis 18 Uhr durften wir gar nichts mehr in den Mund nehmen. Das alles war aber kein Muss für Kinder oder kranke Leute. Tagsüber spielten wir Kinder draußen mit Freunden, die Frauen blieben zuhause und bereiteten ein großes, leckeres Abendessen für uns alle.

Am vierten Tag feierten wir dann immer ein Fest. Dann wurden Süßigkeiten und viele andere leckere Sachen in die Wohnzimmer gestellt, und den ganzen Tag kamen Kinder zu uns nach Hause, wünschten uns ein schönes Fest und kriegten eine Süßigkeit. Und das gleiche machten meine kleinen Geschwister und ich auch.

Meistens ging ich mit meinen zwei oder drei Cousins zu den Nachbarn von Haus zu Haus. Am Abend hatten wir dann Tüten voll mit allen möglichen Leckereien und konnten Tage davon ohne Pause essen, und das war der Grund, weshalb sich jedes Kind auf die Feste freute. Von einigen Onkels bekamen wir Geld, wenn wir ihnen einen Kuss auf die Hand gaben. Von Vater oder Mutter auch, allerdings nicht viel, weil wir es eh nicht brauchten und man auch für wenig Geld viel bekam.

Alle Feste liefen ähnlich ab

Morgens nach dem Aufwachen wurde das Haus gründlich geputzt, von unten bis oben wurde alles gewaschen und sauber gemacht. Vater schlachtete Schafe. Dann ging er zu all unseren Verwandten und Nachbarn und schlachtete für alle, denn er war der einzige in der Umgebung, der es konnte. Ich begleitete meinen Vater und schaute ihm gerne zu.

Jeder war höflich und respektvoll zum anderen, vor allem zu meinem Vater und seinen Brüdern, denn unsere Familien waren sehr geachtet. Wir lebten wie auch alle anderen sehr bescheiden, es gab kein Obst und so gut wie keine Süßigkeiten, denn das Geld sollte für alle Mahlzeiten reichen. Nur zu Fastenfesten und anderen besonderen Anlässen kauften wir Obst und Süßigkeiten, sonst nicht.

Es geht aufwärts

Meine Familie kam langsam wieder auf die Beine. Ich wurde in der Schule immer besser und wuchs auch. Schwester Khawla fing an, in einem Friseursalon zu arbeiten, und Vater eröffnete einen Laden mit Zement, auf den ich aufpasste. Damals gab es Zeiten, in denen wir sehr glücklich waren, zum Beispiel an der Hochzeit von meinem Cousin. Glücklich war ich auch, wenn wir unsere Verwandten besuchten, die eine Stunde entfernt wohnten. Ich liebte diese Abwechslung und die anderen Menschen um mich herum. Meistens bekam ich auch Geld oder Geschenke von meinen Tanten.

Leider mussten immer einige von meinen Geschwistern zuhause bleiben, denn unser Auto war für die ganze Familie zu klein. Es war ein ganz normaler Pkw für fünf Personen, und auch wenn wir versuchten, uns reinzuquetschen, langte der Platz nicht für alle. Wir waren drei Jungs und fünf Mädchen und Vater und Mutter. Als dann mein Bruder mit der Schule fertig war und bei seinem Cousin anfing zu arbeiten und Monate lang nicht nach Hause kam, waren wir eine Person weniger und immer noch zu viele für das Auto. Diese Tage bei meinen Verwandten waren besonders schön für mich, wie auch all die anderen in den Schulferien.

Sommertage im Dorf – eine glückliche Kindheit

Sonst sah der Alltag in meiner Familie so aus: Im Sommer schliefen wir wie alle anderen im Dorf auf den Dächern, weil es dort kühler war. Täglich sind wir recht früh aufgewacht und gingen vom Hausdach runter ins Haus. Meistens waren Mutter und Vater schon früher auf, und Mutter hatte Frühstück gemacht. Vater, zwei kleine Geschwister und ich, frühstückten als erste, dann aßen Mutter und die älteren Schwestern zusammen. Danach machten meine Mutter und meine älteren Schwestern das Haus sauber.

Wir drei jüngeren Kinder gingen raus, und zwar in eine kleine Straße, wo sich all meine anderen Cousins und Cousinen trafen, und die wir „unsere Straße" nannten, denn tagsüber waren wir dort ganz unter uns. Es kam nie ein Fremder hierher, außer wenn jemand zu Besuch kam. Dort spielten wir alle möglichen Spiele und durften so laut sein wie wir wollten. Ich erinnere mich noch, dass meine Geschwister und ich immer Ärger bekamen, wenn wir mit Matsch oder Sand spielten, weil wir uns und unsere Kleider dabei dreckig machten. Wir bauten kleine Häuser aus Matsch oder reparierten unsere Fahrräder.

Eis für eine Tasse Zucker

Oft durften wir aber gar nicht raus, und zwar an den Tagen, wenn die Sonne vom Himmel brannte und es über 40 Grad war. Ein Grund dafür war, dass wir nicht braun werden sollten. Braune Haut fanden wir und die Leute in unserem Dorf nicht schön. So mussten wir uns mittags hinlegen und schlafen, damit unsere Haut hell bleibt, wir also schön aussehen. Einmal aber hatten mein Bruder und ich einen Sommer lang keine Lust mittags zu schlafen, wir wollten lieber Eis verkaufen. Wir besorgten uns Korkboxen und fanden eine Stelle, wo man Eisblöcke billig kaufen und mit einem Gewinn verkaufen konnte.

Bei der Hitze blieben die Leute lieber im Haus, aber wir liefen trotzdem durch die nahezu menschenleeren Straßen und schrien „Eis! Eis“! Wer etwas wollte, kam dann vor die Haustür. Manchmal bekamen wir auch von Leuten, die kein Geld hatten, eine Tasse Zucker, den wir zuhause sammelten und wiederum an einen anderen Laden verkauften, das heißt, wir verkauften Eis auch für Zucker. Außerdem suchten wir im Müll nach Kabeln, holten das Kupfer raus, sammelten es und verkauften es wieder an einen Mann, der einmal die Woche in unsere Straße kam.

Ein „Haustier“ für die Kleinen

Eine weitere Beschäftigung von uns war, dass wir Vögel von einem Jungen kauften, der sie irgendwie fing, und die wir dann mit einem Gewinn an Kinder verkauften. So freuten sich die Kleinen und hatten dann ein „Haustier“. Auch wir hatten viele Haustiere: Schafe, Ziegen, Hühner, Hasen, einen Hund, der leider starb, und für eine kurze Zeit sogar eine Kuh. Darüber hinaus hatten wir immer sehr viele Tauben, mit denen wir ein gutes Geschäft machten. Und obwohl meine Eltern und Schwestern so streng waren, ließen sie uns das alles machen, denn sie sahen, dass wir Spaß daran hatten.

Blau ist tabu

Aber dafür gab es viele andere Dinge, die für uns alle nicht in Frage kamen, und zwar vor allem aus religiösen Gründen. Zum Beispiel war es in unserer Religion verboten, die Farbe Blau zu tragen. Blau symbolisiert die Farbe des Himmels, und das Meiden dieser Farbe drückte den Respekt vor Gott aus. Deshalb befand sich in unserem Haus kein einziger blauer Gegenstand. Ich erinnere mich noch, dass sich mein älterer Bruder von seinem Monatsgehalt ein Hemd und eine Hose gekauft hatte, die leicht blau waren, und er deshalb Ärger mit Vater bekam und alles zurückgeben musste.

Ich gebe Gas

Doch es gab auch Dinge, auf die mein Vater richtig stolz war und über die er sich riesig freute, zum Beispiel wenn ich oder mein Bruder täglich in den Zementladen gingen und darauf aufpassten. Oder wenn wir für die Schule lernten, vor allem bei mir freute er sich sehr, mich lernen zu sehen, denn er meinte, ich werde irgendwann Arzt und kümmere mich um die Familie und werde reich.

Obwohl ich damals noch nichts von Zielen und Träumen verstand, gab ich Gas und wollte es unbedingt schaffen und Vater stolz machen. Ich war immer einer der frühesten in der Schule. Nach der Schule war ich meistens damit beschäftigt, viel zu lernen, vor allem als der Schulstoff immer schwieriger wurde. Wenn die anderen draußen spielten, saß ich an meinen Hausaufgaben. Es machte mir einfach Spaß. Ich war immer einer der besten und sogar Klassensprecher.

Als ich noch ganz klein war, hatte ich schon davon geträumt, in die Schule zu gehen. Sie lag direkt vor unserer Haustür, und ich weiß noch genau, wie ich immer die anderen Kinder bewunderte, weil sie eine Tasche trugen, wenn sie zur Schule gingen, und ich wünschte es mir auch.

Ich komme zur Schule. Mein Traum wird wahr!

Ich erinnere mich noch ganz genau an meinen ersten Schultag. Sehr früh wachte ich auf, meine Eltern waren schon in der Küche, ich zog mich sehr schick an, Anzug, Hemd und die dazugehörigen Schuhe, die Vater und Mutter mir geschenkt hatten. Ich aß etwas und nahm meine Tasche, die ich einige Tage vor Schulbeginn mit meiner Schwester gekauft hatte. Nur Stift, Radiergummi, Spitzer und drei Hefte befanden sich darin, die wir am Anmeldetag von der Schule bekommen hatten. Ich konnte es kaum erwarten, mich auf den Weg zu machen und genau so meine Eltern.

Endlich war es dann soweit, und ich durfte wie all die anderen Kinder, die ich zuvor immer beneidet hatte, in die Schule gehen. Auf dem Schulhof mussten wir uns alle, Erstklässler und alle anderen Schüler, in einer Reihe aufstellen. Es kamen jeweils 20 bis 30 von den neuen Schülern, also ich und meine Cousins und Cousinen, die sich am gleichen Tag wie ich angemeldet hatten, in eine Klasse. Ich war sehr stolz und hätte am liebsten die ganze Welt umarmt. Dann bekam ich die ersten Bücher, und nach kurzer Zeit war mein Schultag schon zu Ende, und ich rannte so schnell ich konnte nach Hause. Es war ein Freudentag für mich und die ganze Familie. Wir aßen Süßigkeiten und verbrachten eine schöne Zeit miteinander.

Mein zweiter Schultag

Am zweiten Tag begann ganz normaler Unterricht, und ich durfte zum ersten Mal das Klassenzimmer betreten. Ich weiß noch, dass ich die ganze Zeit auf die Toilette musste, weil ich mich so sehr freute und so aufgeregt war. Schließlich gab ein Lehrer mit einer Pfeife das Zeichen, dass wir in die Klassenzimmer gehen dürfen. Ich ging erwartungsvoll rein und sah meine Mitschüler, viele schick angezogen, mit Anzug und dazu passenden Schuhen wie ich. Ich sah auch einige, an deren Kleidung man sehen konnte, wie wenig sie zuhause zu essen hatten. Sie hatten einfach kein Geld für gute Kleider. Und trotz diesem Unterschied, gab es nie Geschichten mit Außenseitern oder Mobbing. Stattdessen gingen wir alle aufeinander zu und redeten, spielten und lachten miteinander. Hatte man Bekannte in der Klasse oder in der Schule so wie ich, hatte man automatisch Freunde. Ich fühlte mich wohl, denn die Lehrer waren auch Jesiden und sprachen Kurdisch mit uns.

Ferien – unsere Schule wird neu herausgeputzt

Bei uns war es meistens sehr heiß, denn im Herbst und Frühling war es fast genau so warm wie im Sommer. Das war der Grund, weshalb wir mehr als drei Monate Ferien hatten, und zwar von Juni bis Oktober. Im Winter war es hart, denn die Straßen waren aus Sand und wurden zu klebrigem Matsch, wenn es regnete. Viele Kinder blieben im Schlamm stecken und kamen schwer wieder raus, sie fielen hin, und ihre Kleidung und Taschen wurden schmutzig. Deshalb zogen fast alle Kinder bis zum Knie reichende Gummistiefel an. Und genau so ging es mir und meinen Geschwistern. Im Klassenzimmer froren wir, denn Heizungen gab es nicht, und entweder waren die Fenster kaputt oder es fehlten welche. Wir hatten nicht viel Platz, und deshalb quetschten wir uns oft zu dritt auf die harten Schulbänke und an die Holztische.

Und dann kam der Frühling, und mit ihm fing schon der Sommer an, und es wurde immer wärmer. Zum Glück hatten wir den ganzen Sommer und bis weit in den Herbst keine Schule. Endlich wurde dann die Schule renoviert, und zwar von dem Geld, das wir für die Verbesserungen geben mussten, obwohl wir kaum Geld hatten. Alles bekam einen neuen

Anstrich und wurde freundlicher und heller, auch neue Türen wurden eingesetzt. Allerdings, Heizungen gab es immer noch nicht. Sogar die Toiletten und der Schulhof waren neu herausgeputzt.

Prügelstrafe ist System

Auch die Lehrer waren nicht mehr dieselben, es waren arabische Lehrer und keine Jesiden. Wir durften und mussten jetzt nur noch Arabisch sprechen. An das alles mussten wir uns erst gewöhnen, besonders an die Lehrer. Es war hart und schwer zu verstehen, so dass viele von uns Schülerinnen und Schülern am Anfang mehr als sonst Schläge bekamen. An unseren Schulen wurden Kinder geschlagen, meistens mit einem Plastik- oder Holzlineal, wenn sie etwas falsch verstanden hatten oder Verbotenes machten, wie z.B. Kaugummi kauen oder pfeifen. Es kam auf den Lehrer an, wie viele Schläge, wie hart und ob auf die Handfläche oder den Handrücken oder den Hintern. Ob Junge oder Mädchen, das machte für sie keinen Unterschied, denn die Prügelstrafe gehörte zum System.

Die Lehrer kamen aus einer anderen, weit entfernten irakischen Stadt, deshalb mussten sie das ganze Schuljahr in der Schule bleiben. Sie hatten sich ein etwas größeres Klassenzimmer im zweiten Stock eingerichtet und schliefen, kochten und lebten dort zu zehnt. Als Mutter das mitbekam, schickte sie mich in der Woche einige Male zu ihnen, mit Fladenbrot, das sie in einem selbst gebauten Ofen machte, oder auch mit Essen, denn sie war der Meinung, dass es was anderes ist, wenn eine Frau kocht oder das Brot macht. Die Lehrer freuten sich immer wieder darauf.

Der Krieg rückt näher

Irgendwann bekamen wir mit, dass an einigen Orten Krieg war. Zuerst glaubten wir das nicht, aber einige Zeit später hörten wir wieder davon, und es war ernster, doch für uns immer noch nicht vorstellbar, denn die Tage davor war alles normal gewesen. Als eines Abends meine Familie und ich Fernsehen schauten, erfuhren wir, dass die Leute, die Krieg machen, „ISIS“ sind, was für „Islamischen Staat“ steht und dass sie immer mehr Gebiete übernehmen.

Nicht viel später wurde, kurz bevor meine Geschwister ihren Schulabschluss machen konnten, unsere Schule geschlossen und wir mussten zuhause bleiben. Auch die Lehrer verließen die Schule, und in den Medien wurde immer mehr berichtet. Es wurde zunehmend ernster. Zweimal hörten wir auch plötzlich laute Bombengeräusche, während wir zuhause saßen. Wir rannten schnell nach draußen und bekamen mit, dass es in einer anderen Stadt war.

Einmal war ich mit meinem Cousin in unserem Zementladen. Plötzlich kam ein Auto, aus dessen Fenster zwei Leute ihre Köpfe raushielten und schrien: „Geht schnell nach Hause, wir werden gleich angegriffen“. Ich weiß noch genau, wie ein Mann rief: „von wem denn?“ Und sie antworteten auf kurdisch „ISIS“.

Schnell machten mein Cousin und ich den Laden zu und rannten nach Hause. Als ich dort ankam, musste ich mich sofort hinlegen, weil mir schwindelig war. Wir wagten keinen Schritt mehr aus dem Haus. Auch Tage danach trauten wir uns kaum raus. Dann kam die Nachricht, dass alle Wasserleitungen abgestellt werden und wir uns selber einen Wassertank besorgen müssen. Dies war ein Zeichen für uns, dass es ernst ist, obwohl wir noch nicht viel davon spürten.

Irgendwann war es wieder fast normal, und die Leute gingen wieder raus. Knapp zwei Wochen später wiederholte sich das ganze. Wir hörten Bomber und Vater holte zur Sicherheit seine Waffe aus dem Schrank. Im Irak war es legal, aus Sicherheitsgründen eine Waffe bei sich zu haben.

Ein weiteres Warnzeichen

In den Nachrichten wurde Tag und Nacht davon berichtet, was alles mit Frauen gemacht wurde, was man von ihnen und genau so von Männern verlangte. Einige Tage hörten wir abends immer wieder Helikopter über unser Dorf fliegen, und dies sollte ein weiteres Warnzeichen sein. Ich hörte, was über die „ISIS" gesagt wurde und dass sie immer näher kamen.

Deshalb packte ich meine Schultasche voll mit Kleidung und wurde dafür von meinen Geschwistern ausgelacht und Angsthase genannt. Irgendwann machten sogar die Läden zu, und wir mussten zu den Händlern nach Hause gehen, damit wir etwas bekamen. Es ging dann gar nichts mehr. Und dann kam auch der Tag, an dem mein Leben innerhalb weniger Stunden auf den Kopf gestellt wurde. Der Tag, an dem ich Vater, Schwester, Onkel, Cousins und Cousinen verlor.

Der Tag, an dem meine Kindheit zu Ende war

Abends, der 3. August 2014. Ich sitze mit meinen sechs Geschwistern und meinen Eltern im Wohnzimmer unseres Hauses, wie an fast jedem anderen Tag. Wir sehen zusammen fern, und schauen uns die Nachrichten an, um zu wissen, was in der Welt passiert. Täglich gab es neue Gerüchte über den Irak, vor allem über unsere Dörfer. Immer wieder wurde gesagt, dass ISIS weiter auf dem Vormarsch ist und welche Städte sie erobert haben und vor allem, was sie Schlimmes mit denen machen, die sie fangen. Das machte uns Angst, besonders mir, weshalb ich jeden Abend mit meinen Eltern die Nachrichten verfolgte. Irgendwann hatten meine Geschwister genug davon, und sie entschieden sich raus zu gehen.

Mittlerweile war es schon Schlafenszeit, aber zufällig waren wir alle noch wach. Auch meine Eltern wollten noch nicht schlafen gehen. Ich blieb bei meinen Geschwistern und schaute zu wie sie Karten spielten.

Plötzlich hörten wir zwei Helikopter über unser Dorf fliegen. Wir hatten vorher so spät noch nie diese Geräusche gehört. Das versetzte uns in Angst und Schrecken, denn wir hatten an dem Tag gehört, dass sich die ISIS-Kämpfer Militärflugzeuge besorgt hatten. Trotzdem blieben wir erst einmal sitzen und ließen uns nicht wirklich aus der Ruhe bringen, obwohl die beiden Helikopter Runde um Runde um das ganze Dorf drehten. Nach zwei bis drei Stunden gingen alle ins Bett, also aufs Dach, was jeder im Dorf tat, weil es im Haus extrem heiß war. Die Helikopter flogen immer noch über unser Dorf. Bevor ich einschlief hörte ich meine Eltern, die aufgrund des Fluglärms auch noch wach waren, über die Lage sprechen. Ohne dass sie es bemerkten, hörte ich ihnen aufmerksam zu, und mir kamen unglaublich viele negative Gedanken in den Kopf, z.B. was wäre, wenn wir morgen aufstehen würden und es wäre Krieg.

Schüsse, Bomben, brennende Häuser

Wie mir meine Mutter erzählt hat, wachte sie um drei Uhr morgens auf, um auf die Toilette zu gehen und sah, dass in dem Dorf neben uns (Siba Shech Kder) genau das passierte, worüber ich mir vor dem Schlafengehen Gedanken gemacht hatte. Es wurde geschossen, gebombt und geschrien. Sofort weckte sie meinen Vater und flüsterte: „Was passiert hier?“

Als er merkte, dass es schlimmer wird, weckte er uns alle schnell auf. Ich erinnere mich noch ganz genau, wie ich geschockt vom Lärm der Schüsse und berstenden Bomben und lodernden Feuern ringsum da stand und die Nachbarn auf ihren Dächern anstarrte. Ohne die Schlafsachen aufzuräumen rannten wir schnell vom Dach runter. Unten saßen wir alle verstört da und hatten keine Ahnung, was wir machen sollten.

Nach einer Weile erreichte Vater meinen Onkel Sabri, der wie viele andere Jesiden gegen die „ISIS“ kämpfte. Onkel sagte: „Bleibt ruhig, habt keine Angst, alles wird gut, verlasst eure Häuser nicht, wir sind momentan stärker als sie.“ Vater fragte: Wer ist „sie“? „Die IS Kämpfer“, sagte Onkel und legte auf. Vater war beruhigt und meinte: „Wir verlassen unser Haus nicht“.

Wohin sollen wir flüchten?

Wenige Minuten später kamen aus Angst drei Familien meiner Onkels zu uns, die direkt gegenüber und neben uns wohnten, bei denen kein älterer Mann zuhause war. Sie kamen zu uns, weil mein Vater da war und sie sich so sicherer fühlten. Wir vier Familien warteten ängstlich auf eine endgültige Entscheidung von Vater und meinem ältesten Onkel Ato. Es vergingen Stunden, und es wurde langsam hell, und es hörte nicht auf mit Bombardierungen.

Vater bat meine älteste Schwester Zaytun, ein Frühstück für uns zitternde und zum Teil weinende Kinder zu machen. Langsam gewöhnten wir uns an die lauten Bomben und Schüsse und wurden ruhiger. Da Vater uns gut zuredete, dass es bald vorbei sei und es nicht schlimmer werden würde, gingen wir Kinder sogar nach draußen zum Spielen. Wir schauten den Nachbarn zu, die ihre Sachen in Autos packten, um zu flüchten.

In dem Moment bekam Vater einen Anruf von seinem Kollegen, der ihm sagte, dass die „Siba schech Khdr“ die-IS Leute besiegt hätten, und es sei jetzt alles vorbei. Wir haben ihm geglaubt, allerdings erfuhren wir die Wahrheit etwas später von Onkel Sabri, der genau das Gegenteil sagte, nämlich, dass die Gegner stärker wären und sie selbst keine Verstärkung bekommen und verlieren. Nach dem Anruf wollten wir nur weg. Wir packten die wichtigsten Dokumente und nichts anderes ein, weil mein Vater meinte, „wir kehren wieder zurück“.

Ein Pkw für sechs Familien mit zwanzig Kindern

Wir hatten aber ein großes Problem, für sechs Familien gab es nur Vaters Auto, einen Pkw für fünf Personen. Nach langer Diskussion wurde entschieden, dass zuerst alle Kinder der sechs Familien weggebracht werden sollten. Aber „WOHIN?“ Verzweifelt und ratlos standen wir da. Genau in dem Moment bekam Vater einen Anruf von meinem Onkel, der mit seiner Familie ca. einen Kilometer entfernt wohnte, in einem Haus, welches seinen Urgroßeltern gehörte.

Es war das einzige Haus mit einem unglaublich großen Grundstück. Er war Bauer und besaß viele Schafe, Ziegen, Kühe und Hühner usw. Wir sahen alle den Vorteil, dass es nicht so weit war und wir schnell wieder in unsere Häuser zurückkehren könnten. Wie geplant packte Vater uns zwanzig Kinder in das Fünf-Personenauto, sogar der Kofferraum war voll. Schnell fuhr Vater immer wieder zurück, um auch alle anderen zu holen. Irgendwann waren wir alle in Sicherheit und hatten keine Angst mehr. Es kamen einige andere Familien dazu, wir saßen zusammen, lachten und redeten.

Doch von einer Sekunde zur anderen änderte sich alles, die Freude, das Lachen und die schöne Unterhaltung, denn es kamen IS-Autos. Meine Schwester Khalida sah sie als erste und rief sofort mit ihrer lauten und tiefen Stimme Vaters Namen und zeigte mit ihrem Zeigefinger auf die Autos. Die IS-Leute freuten sich, uns zu sehen und schossen in die Luft, sie wussten, dass sie uns schnappen würden. Vater schrie: „Alle rein in die Zimmer!“ Schnell verteilten wir uns in den vier selbst gebauten Zimmern und hofften darauf, dass sie an uns vorbei fahren und uns nichts antun würden.

Die Lage eskaliert – der IS greift uns an

Aber dann schoss jemand aus einem Busch von der anderen Seite der Straße auf die Autos und verletzte einen der IS-Leute. Als seine Waffe leer war, griffen ihn zwei der Kämpfer, schnitten seinen Kopf ab und legten den auf seinen Bauch, und das alles geschah unmittelbar vor meinen Augen.

Und ich erinnere mich noch genau, wie sie danach auf uns schossen und die vielen gefährlichen Kugeln durch die Wand ins Zimmer drangen, neben uns landeten und sogar eine alte Frau an der Schulter trafen. Es wurde nur noch geweint und geschrien. Einige Zeit schossen sie aus etwa 50 Meter Entfernung weiter auf uns, um uns zu provozieren. Dann sah ich dicke Männer mit Kleidern, einen Schal um den Kopf gewickelt und vollbewaffnet aus den Autos steigen, um uns anzugreifen. Und das war der Moment, an dem sich alles völlig veränderte.

In der Gewalt des IS

Panik brach aus. Wir wurden lauter und lauter und die IS-Milizen auch, sie befahlen: „Bleibt stehen, nicht bewegen“, und sie schrien „La Ilaha Ila Allah“. Um die Kontrolle über uns zu gewinnen, steckten sie uns alle in ein Zimmer, die Frauen und Kinder wurden von den Männern getrennt. Es war sehr heiß, ich weiß noch, wie sie in einem gebrochenen Kurdisch „hinsetzen und leise sein“ schrien. Sie brachten uns Wasser in einer Plastikwanne ohne Gläser, aber außer einer Frau, die mit der Hand kurz ihre Zunge nass machte, hat sich niemand getraut das Wasser zu trinken. Später stellte es sich heraus, dass sich Gift in dem Wasser befand.

Mutter ahnte schon, dass die Männer nicht ohne Grund hinter das Haus gebracht worden waren, sie bat einen IS-Jungen: „Macht alles, was ihr wollt, aber tötet nur unsere Männer nicht“, er schwor es nicht zu tun.

Sie holten uns alle aus den Zimmern, und wir mussten uns hintereinander auf den Boden setzen. Ich sah, wie meine Tante geschlagen und auf die Erde geschmissen wurde, weil sie nicht so schnell war. Angsterfüllt saßen wir alle auf dem Boden, vor uns zwei Männer mit Vollbart und fast zwei Meter langen Waffen.

Sie sahen in unsere Gesichter und nahmen alle Jungen mit, die über 15 Jahre alt waren und ein bisschen Bartwuchs hatten und brachten sie zu den anderen Männern. Meine Cousins, mein Bruder und ich wurden auch mit genommen und ins hintere Zimmer gebracht, wo sie uns auf den Boden warfen und wo wir unsere Hände hinter den Kopf legen mussten.

Die Männer werden getötet

Die lange Waffe war auf meinen Kopf gerichtet, wir sollten in dem Moment getötet werden. Dann kam zu unserem Glück einer um die Ecke, der meinte, dass wir noch keinen Bart hätten und dass wir deshalb nicht getötet werden sollten. Wir durften zurück zu unseren Müttern. Ich war froh und dachte an nichts mehr.

Später geschah dasselbe mit den Frauen, allerdings wurden sie in unsere und ihre Autos gesteckt. Uns Kinder und unsere Mütter sperrten sie in die enge Küche. Wir waren um die zwanzig Leute, nicht einmal richtig atmen konnten wir.

Sie schlossen die Tür, stellten einen davor, damit keiner raus konnte und warnten uns zu klopfen oder die Tür zu öffnen. Auf einmal hörten wir nur noch Schüsse. Und ich schrie: „Die Männer werden getötet", was ich durch ein kleines Loch in der Küchenwand beobachten konnte. Währenddessen hörten wir zwei IS-Leute vor der Tür sagen, dass sie uns töten wollten, weil sie keinen Platz hätten, um uns mitzuschleppen. Wir hatten aber das Glück, dass sie genau in dem Moment einen Anruf von einem der Chefs erhielten, der Ihnen sagte, dass sie uns erst einmal verschonen sollen.

Plötzlich war es totenstill

Auf einmal hörten wir nichts mehr, keine Schüsse, keine Geräusche und keinerlei Geschrei. Meine Urgroßmutter, die schon zwei Warnungen von dem IS-Kämpfer bekommen hatte und beim dritten Mal getötet worden wäre, stand auf und drückte gegen die Tür, sie ging auf. Die Frauen, Autos und Kämpfer waren wie vom Erdboden verschluckt. Wir sahen nichts, nur die Leichen unserer Männer, die über die ganze Fläche verstreut und in den Zimmern lagen.

Wir waren sprachlos vor Entsetzen. Es kam kein einziges Wort aus unserem Mund. Schnell rannte jede Familie zu dem Toten, der zu ihnen gehörte. Meine Mutter suchte Vater, und wir hatten schon die Hoffnung, dass er geflohen war oder sich versteckt hatte. Dann hörte ich meine Mutter nach mir und meinen zwei kleinen Geschwistern rufen und entsetzt schreien: „Hier ist Khaleel, hier ist Vater."

Schnell rannte ich zu Mutter und sah Vater auf dem Boden sitzen, mit dem Rücken an der Wand und seinen Blick auf den Boden gerichtet, Mutter und die zwei Kleinen weinend und schreiend neben ihm. Er war noch am Leben, öffnete seine Augen und schaute uns vier an. Wir konnten es kaum fassen, was sollten wir jetzt tun?

Wir sahen Vater das letzte Mal

Meine Mutter bat meinen Bruder eine Decke zu besorgen, schnell holte er eine vom Wohnzimmer, und wir legten Vater darauf, und da sprach Vater ein Wort, das wir zuerst nicht verstanden, doch das zweite Mal sagte er hörbar: „Wasser".

Ich holte schnell eine große Flasche, die ich vorher gesehen hatte, und brachte sie Mutter. Wir wussten, dass jemand, der schwer verletzt ist und einen trockenen Mund hat, auf keinen Fall Wasser trinken darf. So benetzte Mutter vorsichtig mit einigen Tropfen die Lippen meines Vaters. Wir bedeckten seine Schusswunden und versuchten verzweifelt, dass er am Leben bleibt, allerdings vergeblich. Es war das letzte Mal, dass wir ihn lebend sahen.

Mein älterer Bruder schrie auf, als er sah, dass Vater seine Augen schloss und wollte ihn unbedingt mit einem Auto, das hinter dem Haus stand, nach Shingal ins Krankenhaus bringen, was Mutter verhinderte, denn sie wusste: Dort ist der IS. Außerdem warnte mein Cousin Salman, der einen Schuss in den Oberschenkel bekommen hatte, dass an dem Auto Kabel hingen, die beim Öffnen der Autotür eine Explosion auslösen könnten.

Zum Glück hörte mein Bruder auf ihn, denn sonst wären wir auch gestorben. Plötzlich bemerkten wir, dass einige Familien – ohne uns Bescheid zu geben – durch die

Wüste abgehauen waren. Nur noch meine Tante Gazal war da, und sie sagte, ihr Mann Ato und mein Cousin, der erst 16 Jahre alt war, lägen tot im nächsten Zimmer. Überall war unglaublich viel Blut und Leichen lagen im ganzen Zimmer verstreut. Von einer war der Kopf abgeschnitten, einer anderen das Kinn, und einer bewegte noch seinen Fuß.

Wie der IS Vater umbrachte

Wir gingen zu meinem getöteten Vater, meine Mutter schloss seine Augen, und wir Kinder standen weinend und schreiend daneben. Mein Bruder nahm Vaters irakischen Ausweis an sich, dann verließen wir das Zimmer und gingen zu Salman – er hatte sich retten können, weil er sich totgestellt hatte. Trotz unseres Entsetzens wollten wir von ihm wissen, warum die Männer ermordet wurden. Er sagte, dass sie sich geweigert hatten, zum Islam überzutreten, auch Vater hatte „Nein" gesagt. Salman erzählte, dass sich alle mit dem Rücken zu den IS-Kämpfern hinknien mussten, Vater machte noch schnell ein Zeichen, dass sie sich in Sicherheit bringen sollten, was aber nur den wenigsten gelang.

Die noch Lebenden schrien weinend nach Kindern und Frauen, nach den Getöteten und Verschleppten. Währenddessen sahen wir einen jungen Mann aus einem Loch kriechen, in dem er sich versteckt hatte, er schnappte seine Frau und sein Kind und rannte dann eilig mit ihnen weg. Mutter bekam Durst, ich nahm schnell eine auf dem Boden liegende leere Cola Flasche und lief damit zwischen all den Leichen durch zu einem draußen stehenden Waschbecken, füllte die Flasche und rannte erschrocken zurück, denn ein IS-Auto fuhr vorbei. Die Kämpfer machten ein Siegeszeichen und gaben uns zu verstehen, dass sie unser Volk zerstört hätten.

Zu Fuß durch die brennend heiße Wüste

Über kurz oder lang beschlossen auch wir zu fliehen. Wir liefen und liefen – weinend und panisch vor Angst – bei 40 Grad Hitze durch die trockene und heiße Wüste. An uns fuhr ein Lkw vorbei und stoppte. Alle, die bei uns waren, stiegen ein und im Nu war das Auto voll. Ich und meine beiden Geschwister stiegen auch ein, hörten dann aber von meiner Mutter und Tante Gazal, dass für sie kein Platz mehr war. Mutter riet, wir sollten mit den anderen fahren, sie würden weiter durch die Wüste laufen und mit etwas Glück unterwegs vielleicht auf ein anderes Auto stoßen. Schnell sprang ich mit meinen beiden Geschwistern vom Lkw, denn wir wollten nicht von unserer Familie getrennt werden und sie alleine lassen. Mutter, Geschwister, Tante Gazal mit ihren zwei kleinen Enkeltöchtern, deren Mütter verschleppt worden waren, und ich machten uns verzweifelt wieder zu Fuß auf den Weg durch die Wüste.

Irgendwann kamen wir an ein kleines, einsam gelegenes Haus. Alle hatten schrecklichen Durst und schmerzende Füße und die Kleinen weigerten sich weiterzulaufen. So machten wir eine Pause. Mein Bruder und ich machten uns sofort auf die Suche nach Wasser. In den beiden Wohnräumen fanden wir nichts, aber es gab noch eine Küche, eine Toilette und ein kleines Zimmerchen, in dem sich Tauben und Hühner befanden. Und Gottseidank gab es auch einen Wassertank. Ich fand eine Kanne auf dem Boden, füllte sie mit dem lauwarmen Wasser und brachte es Mutter und den anderen.

Weiter durchs Sindschar-Tal in Richtung Gebirge

Als wir wieder aufbrachen, entdeckten wir ungefähr einen Kilometer entfernt von uns ein rotes Auto. Mutter dachte, es wären kurdische Kämpfer und wollte sie um Hilfe bitten. Aber

Ismael und ich drängten sie, schnell weiterzulaufen. Nach einigen Minuten hörten wir Schüsse und sahen, dass es der IS war. Dann blickte ich zurück auf den Weg, den wir hinter uns hatten, und sah einen Jugendlichen auf uns zulaufen. Es war ein Schulkamerad von Schwester Khalida. Er wollte sich selbst und uns retten und rief seinen großen Bruder an, der uns abholten sollte, aber Angst hatte zu kommen, weil er erfahren hatte, dass einige Autos in der Nähe von IS-Kämpfern angegriffen wurden.

So wagten wir uns noch ein Stück weiter bis zu der Stelle, wo der Bruder des Schulkameraden meiner Schwester wartete. Wir quetschten uns alle hinten in sein Auto, das voll bepackt war mit Lebensmitteln und Schlafsäcken. Aber bald mussten wir wieder aussteigen und der Familie der beiden Jungen Platz machen.

Wir liefen zu Fuß weiter, und wieder half uns der liebe Gott. Neben uns stoppte ein großer Lkw, der Fahrer ließ uns hinten bei seiner Familie einsteigen und nahm uns mit in Richtung Gebirge.

Es war sehr heiß, unsere Münder waren trocken und unsere Augen brannten von den vielen Tränen. Nach kurzer Zeit kamen wir an einen Ort, wo ein paar Häuser und sehr viele Menschen waren.

Einige Leute erkannten sofort, wie schlecht es uns ging und führten uns in den Schatten eines Traktors. Uns war so schwindelig, dass wir nicht mal wussten, wer uns wohin gebracht hatte und wo wir waren. Wir Kinder schliefen erschöpft ein.

Irgendwann wachte ich auf und sah um uns herum viele Menschen, die weinten. Sie brachten uns etwas zu essen und zu trinken. Plötzlich schrie ein Mann: „Versteckt euch und haut ab, der IS greift gleich auch diesen Ort an", und tatsächlich waren schon IS-Autos zu sehen. Blitzschnell waren wir alle verschwunden.

Der schlimmste Tag meines Lebens

Mutter wollte nicht mit den anderen rauf in die Berge fliehen, und auch die Älteren waren am Ende ihrer Kräfte. Also entschlossen wir uns, auf halber Höhe in einer Höhle Schutz zu suchen. Einige Stunden verbrachten wir dort mit vielen anderen Leidensgenossen und warteten auf eine Nachricht von unten, ob sich die Lage beruhigt hätte. Erst als es dunkel wurde, wagten wir uns runter.

Wir liefen und liefen und wussten nicht wohin. Wir hatten nichts, worauf wir schlafen konnten und konnten auch nicht in einem der wenigen Häuser nach Schlafplätzen fragen. Als wir fast unten angekommen waren, sahen wir ein kleines Haus und davor zwei Betten. Das war unsere letzte Hoffnung. Es stellte sich heraus, dass Mutter und Tante den Hausbesitzer kannten. Das Haus hatte nur drei Zimmer und war überfüllt mit Flüchtlingen. Nach langem Hin und Her verteilten wir uns auf die beiden Betten draußen vor der Tür – Mutter und ich schliefen in einem, Geschwister, Tante Gazal und die zwei Kleinen in dem anderen.

Für mich war es der schlimmste Tag meines Lebens. Manchmal fühlte es sich so an, als ob nichts passiert wäre – aber dann, wenn ich jäh aus dem Schlaf aufschreckte und hoffte, alles sei nur ein böser Traum, merkte ich, dass all das Schreckliche Wirklichkeit war. Dann lag ich wie erstarrt da, spürte gar nichts und konnte in der Ferne sehen, wie hunderte von IS-Autos in unsere Dörfer eindrangen und wie die IS-Leute alles aus unseren Häusern klauten. Diese Bilder verfolgten mich und ließen mich nie mehr wieder los.

Zuflucht im Tempel

Am folgenden Morgen standen wir um sechs Uhr auf. Es war bereits sehr heiß, die Sonne brannte vom Himmel. Niemand lachte oder lächelte. Die beiden Kleinen weinten, hatten sehr großen Hunger und wollten nur etwas essen. Wir sahen, dass die Familie, die uns über Nacht aufgenommen hatte, in der Küche viele Lebensmittel hatte und hofften, dass jemand mitbekommen würde, dass die Kleinen vor Hunger weinten. Aber sie liefen an uns vorbei und taten so, als merkten sie nichts. Wir selbst wollten nicht fragen und machten uns deshalb wieder auf den Weg, um woanders nach Brot und Wasser zu suchen.

Wir liefen los. Trotz Muskelkater und kaputt vom Tag zuvor trugen Ismael und ich die beiden Kleinen, um schneller voran zu kommen, was uns große Mühe machte. Viele Autos fuhren an uns vorbei, aber keines hielt an. Doch irgendwann konnte ich einen Lkw stoppen und bat den Fahrer, uns mitzunehmen, egal wohin. Nach einigen Kilometern stiegen wir wieder aus und sahen unzählige Menschen, die weinten, die hungrig und durstig waren. Einige kochten, andere lagen erschöpft auf dem steinigen Boden und schliefen. Und ich sehe noch genau vor mir, dass manche sogar lächelten und aussahen, als ob sie zum Picknicken da wären.

Auf dem Weg ins Tal trafen wir unsere Dorfnachbarn, die uns etwas zu essen und zu trinken anboten. Aber weil sie selber so viele waren, wollte Mutter von ihnen nur etwas Wasser.

Sie hatten gehört, was am Tag davor mit uns passiert war und trösteten uns. Dann liefen wir weiter.

Schließlich erreichten wir einen verlassenen Tempel, der tagsüber Zufluchtsort für viele Flüchtlinge war. Jeder war hier willkommen. Wir setzten uns zu all den anderen traurigen und hungrigen Kindern, verzweifelten Frauen und Männern. Zum Glück kannten wir viele Leute dort. Und wieder wurde über die furchtbaren Gräuel des IS gesprochen.

Durstig und hungrig auf der Suche nach Wasser

Zu essen oder zu trinken bekamen wir von niemanden etwas. So schickten Mutter und Tante Gazal mich und meinen Bruder zu den anderen Familien, um zu fragen, ob sie vielleicht nur ein Stück Brot für die Kleinen hätten oder etwas Wasser. Aber immer wieder bekamen wir die Antwort: „Wir und unsere Kinder brauchen es genau so ...", was wir verstehen konnten und deshalb nicht enttäuscht waren. Wir gaben aber nicht auf und liefen – obwohl wir so erschöpft waren – den Berg wieder ein Stück rauf, weil wir dort vielleicht jemanden finden würden, der uns hilft.

Zum Glück kam irgendwann ein Wagen mit einem sehr großen Wassertank. Auch wir stellten uns zu den anderen in die lange Warteschlange. Es war unerträglich heiß, und wir waren froh, als wir endlich an der Reihe waren und unseren Eimer und die leeren Cola Flaschen gefüllt bekamen. Auf dem Rückweg ins Tal wurde mir von der Hitze und dem Hunger ganz schwindelig, beinahe wäre ich hingefallen. Aber ich schaffte es, auf den Beinen zu bleiben und nicht einen Tropfen von dem kostbaren Wasser zu verschütten.

Als wir schließlich unten ankamen, sahen wir die zwei Kleinen und meine Schwester auf einem Bett im Vorraum des Tempels schlafen, ohne eine Decke, ohne Kissen und ohne Matratze, also auf dem harten Eisengestell. Völlig erschöpft legten Ismael und ich uns dazu. Wir wollten nur noch schnell einschlafen, um unseren Hunger und Durst zu vergessen.

Nach einigen Stunden wachte ich auf und sah Frauen und Männer, die sehr laut miteinander redeten, und ich hörte, wie Mutter die Leute bat, die Leichen unserer Männer zu holen oder dort zu vergraben, bevor Tiere sie fressen würden. Aber niemand traute sich das zu.

Müde und kaputt stand ich auf und ging nach draußen, um – wie alle anderen auch – Socken zu suchen, die wir über unsere Wasserflaschen ziehen könnten, damit das Wasser nicht warm würde. Eine Frau trieb irgendwo etwas Mehl auf und machte uns damit auf dem Feuer Fladenbrot, womit sie unseren Abend rettete.

Wo können wir diese Nacht schlafen?

Jeden Abend hatten wir dann das gleiche Problem: Wir wussten nicht, wo wir schlafen sollten, denn im Tempel durfte keiner übernachten, weil es ein heiliger Ort war. Schließlich fanden wir in der Nähe einen Platz unter einem Baum, wo es keine spitzen Steine gab. Einige nahmen ihre Schuhe als Kissen und andere suchten sich einen großen glatten Felsbrocken, auf den sie ihren Kopf legen konnten, ich auch. Die Nächte waren sehr unruhig, weil oft jemand weinte oder es schrie jemand, dass die IS-Milizen den Ort gleich angreifen würden.

Jedes Mal nach dem Aufwachen war unser erster Gedanke: Wie und wo bekommen wir etwas zu essen und zu trinken?

In aller Frühe machten wir uns deshalb sofort auf den Weg ins Tal, bevor jemand anderer uns unsere Plätze im Tempel wegnehmen konnte. Wir wussten, wenn wir etwas zu essen bekommen, dann von den netten Familien dort. Die Sonne ging auf und es wurde sofort so heiß, dass uns beim Laufen wieder schwindelig wurde. Nirgendwo gab es einen schattigen Platz, selbst unter den Bäumen nicht. Erst im Tempel waren wir vor der brennenden Sonne geschützt.

Eine glückliche Überraschung

Einmal kamen wir im Tal an und erfuhren, dass uns drei andere Familien suchten. Es waren meine drei Tanten, die auch geflohen waren und die wir sehr vermisst hatten. Wir waren überglücklich, als wir sie fanden und alle gesund waren und unsere Familien jetzt wieder zusammen waren.

Wir teilten alles miteinander, was wir zu essen und zu trinken bekamen und auch unsere Schlafsachen. Immer wieder kamen gute Freunde und Verwandte meiner Familie. Sie wollten wissen, wie es uns ergangen war. Aber viel helfen konnte keiner dem anderen, denn jeder musste auf sich selbst achten und schauen, dass er überlebt.

Schließlich entschlossen wir uns, das Tal zu verlassen. Aber wo würden wir sicher sein? Wohin sollten wir gehen? Da kam eine meiner Tanten auf die Idee, zu unseren Nachbarn zu gehen, bei denen sie zuvor gewesen war. Es war eine große Familie mit vielen Männern, die planten, auf die andere Seite des Gebirges zu fliehen.

Wir entschieden uns, mit ihnen zu gehen, egal wohin. Sie kannten sich in der Gegend gut aus. Wir hofften, sie noch anzutreffen, bevor sie aufbrachen. Zum Glück waren sie noch da und freuten sich uns zu sehen. Gemeinsam machten wir uns dann alle auf den Weg.

Ein Esel für einen nagelneuen BMW

Bevor wir in die Autos stiegen, versorgten wir uns noch mit Wasser. Wir füllten große leere Benzinkanister bis zum Rand auf und nahmen in unserer Not in Kauf, dass das Wasser eklig nach Benzin schmeckte. Wir beluden die Autos und einen Traktor, alles war so voll, dass für uns kaum noch Platz war. Einer stieg sogar auf das kleine Dach des Traktors.

Die Hitze war unerträglich und machte uns zusätzlich zu schaffen. Trotz alledem erreichten wir unser Ziel: einen Ort am Fuße des Berges, von dem aus wir auf die andere Seite des Gebirges gelangen wollten. Als wir auf unser letztes Auto und den Rest unserer Gemeinschaft warteten, hörte ich ein Gespräch zwischen zwei Männern. Der eine wollte seinen nagelneuen BMW gegen einen Esel tauschen, aber ohne Erfolg. Denn der Besitzer des Esels lehnte den Vorschlag ab, weil er das Tier für seine Mutter brauchte, die damit den Berg hochkommen konnte, mit dem Auto aber nicht. Unglaublich, das ein Esel wertvoller war als ein Auto, das mehrere tausend Dinars kostete.

Auf riskanten Wegen durchs Sindschar-Gebirge

Nach Sonnenuntergang liefen wir los. Wir waren hochmotiviert, obwohl wir wussten, dass es gefährlich werden könnte. Denn wir vertrauten unseren Begleitern, die uns immer wieder Mut machten, voll und ganz. Einer von ihnen lief voraus und sagte, wo es lang geht und wo wir besonders vorsichtig sein mussten.

Wir wollten alle nur eines: Sicherheit. Und deshalb waren wir und sind wir immer noch unglaublich dankbar, dass wir diese Menschen damals gefunden haben, dass sie für uns da waren und soviel für uns getan haben.

Der Weg wurde zunehmend steiler und gefährlicher. An einigen Stellen war er so schmal, dass nicht mal zwei Leute nebeneinander laufen konnten. Rechts und links ging es mehr als hundert Meter steil abwärts. Wir hielten uns an den Händen und die Älteren passten auf die Jüngeren auf, alle kleineren Kinder wurden getragen, damit sie nicht in die Tiefe stürzten. Ich trug die kleine Enkeltochter von Tante Gazal, obwohl ich vor Müdigkeit kaum laufen konnte. Viele von den Kleinen schliefen schon im Stehen. Auch viele alte Menschen hatten für den mühsamen und riskanten Aufstieg keine Kraft mehr, sie blieben zurück und ergaben sich in ihr Schicksal. Schwerbehinderte ohne Beine oder Füße wurden zurückgelassen, da sie keiner tragen konnte. Viele Menschen stürzten ab und starben. Die meisten achteten darauf, dass sie sich selbst retten und überleben konnten.

Eine eiskalte Nacht im Gebirge

Jeder Schritt wurde zur Qual. Aber aufgeben kam für uns nicht in Frage. Kurz nach Mitternacht erreichten wir mit letzter Kraft den Gipfel. Dort waren schon sehr viele Menschen mit müden und traurigen Gesichtern. Und es kamen immer mehr. Alle Kinder, die mit uns waren, schliefen schon, nur meine Geschwister und ich nicht. Wir hatten von dem Wasser aus dem Benzinkanister furchtbare Bauchschmerzen.

Das Schlimmste aber war die Kälte. Wir zitterten und froren wie im Winter. Es war so kalt, dass wir kaum reden konnten und unsere Augen tränten. Ohne Decke und Kissen waren wir schutzlos ausgeliefert, und keiner konnte uns helfen.

Da kam meine Heldin, meine kreative und liebe Mama, auf die Idee, ihr weit geschnittenes Kleid, wie fast jede jesidische Mutter eines trägt, über uns drei Kinder zu ziehen, damit es uns wenigstens ein wenig vor der Kälte schützt. Wir machten uns so klein wie möglich und schmiegten uns so eng aneinander, dass wir im Sitzen schlafen konnten. Für Mutter hieß das wieder einmal wachbleiben, so wie alle anderen Nächte zuvor. Schon nach wenigen Stunden wachten wir in aller Frühe auf und hörten die Vögel zwitschern. Es war genau so kalt wie in der Nacht. Wir Jungs versuchten ein Feuer zu machen, um uns zu wärmen, bevor wir uns alle an den Abstieg wagten.

Ein Versprechen und ein schönes Ziel vor Augen

Einige unserer Dorfnachbarn, die vor uns abgestiegen und schon auf der anderen Seite des Berges angekommen waren, riefen an und sagten, wir sollten uns ganz schnell auf den Weg machen, denn dort gäbe es Früchte und einen kleinen Fluss. Wir konnten unser Glück kaum fassen und rannten sofort los. Bergab ging es viel leichter.

Als wir hochmotiviert an unserem Ziel ankamen, sahen wir wieder eine große Menschenmenge und viele Feigenbäume, unsere Dorfnachbarn hatten uns nicht zu viel versprochen. Ausgehungert pflückten wir die grünen Feigen und stopften so viele wie möglich in uns rein. Zufrieden und satt legten wir uns dann zum Ausruhen unter die schattigen Bäume. Aber es dauerte nicht lange, und wir bekamen von den unreifen Früchten starke Bauchschmerzen und geschwollene Lippen.

Ein glücklicher Tag

Wir waren trotzdem unendlich dankbar für alles: die Feigen, den Schatten und all die Sachen wie Töpfe, Decken, geöffnete Reistüten oder Bohnen von Familien, die vor uns dort gewesen waren. Sie hatten alles zurückgelassen und nur das Nötigste mitgenommen, denn der Weg in die nächste sichere Stadt in Kurdistan war noch sehr weit und beschwerlich. Es war ein glücklicher Tag für uns.

Nach langer Zeit hatten wir wieder eine Decke, unter die wir uns nachts legen konnten. Wir mussten nicht mehr auf dem harten steinigen Boden schlafen und hatten mehr zu essen als sonst.

In der Nähe gab es einen kleinen Fluss. Sein Wasser war nur etwa zehn Zentimeter tief und an die hunderte Menschen wuschen sich und löschten ihren Durst. Ich legte mich mit dem Rücken ins Wasser und vergaß für einen Moment all die Strapazen und schrecklichen Dinge, die hinter uns lagen. Erst als meine kleine Schwester nach mir rief, weil wir zurück zu den anderen mussten, tauchte ich aus meinen Träumen von einer sicheren und schönen Zukunft wieder auf.

Dann kam der wichtigste Tag für uns. Vor Sonnenaufgang standen wir auf und Mutter kochte etwas Reis. Wir aßen nur so viel, dass es für die anderen Familien auch noch reichte. Vor uns lag eine neue risikoreiche Etappe, denn wir machten uns auf nach Kurdistan. Voller Hoffnung, aber auch voller Angst. Wir waren unsicher: Was würde uns dort erwarten? Und könnten wir unterwegs nicht geschnappt und getötet werden?

Auf rutschigen Wegen bergab

Wir gingen los. Und wieder ging es bergab. Obwohl die schmalen Wege rutschig waren, fiel es uns leichter, denn wir hatten etwas im Magen und Wasser dabei. Außerdem hatten wir besser als an allen anderen Tagen geschlafen. Wir liefen bis zu einem Ort, an dem wir uns anderen Flüchtlingen anschließen konnten. Plötzlich hörten wir Schüsse und hatten Todesangst, denn wir dachten, jetzt ist es vorbei mit uns. Aber es schien nichts weiter zu passieren.

Wir hofften, bekannte Leute zu treffen, und tatsächlich kamen zwei Familien vorbei, die wir kannten. Gemeinsam mit ihnen liefen wir weiter. Überall am Straßenrand lagen Taschen mit Kleidern und Geschirr, viele kaputte Fahrzeuge und ausgebrannte IS-Autos. Wir sahen hunderte Menschen, die sich gegenseitig stützten, alte Menschen und Kinder wurden huckepack getragen, wenn sie nicht mehr laufen konnten. Wir alle liefen barfuß, und es war so heiß, dass meine Fußsohlen wie Feuer brannten.

Aufgeregt und freudig warteten wir auf den Anruf von Cousin und Onkel, die uns mit ihren Autos abholen wollten. Aber unsere Freude war getrübt, denn wir sahen hunderte andere jesidische Brüder und Schwestern, die niemanden hatten und den ganzen langen Weg barfuß laufen mussten. Nur der liebe Gott wusste, was mit ihnen passieren würde.

Ein Traum wird wahr – wir sind in Sicherheit

Dann war es endlich soweit und unser Traum, an den keiner von uns mehr geglaubt hatte, wurde wahr: Auf der Straße kamen uns zwei Autos entgegen, und das waren mein Onkel und mein Cousin. Schnell stiegen sie aus und konnten ihre

Tränen nicht zurückhalten. Wir verteilten uns in den beiden Autos, man muss sich das vorstellen: sechs Familien in zwei normalen zweitürigen Pkws! Alles war voll, sogar die Kofferräume, die offen gelassen werden mussten, weil ja auch alle, die hinten saßen, bei der Hitze Luft zum Atmen brauchten.

Vor uns lag eine extrem gefährliche Strecke, und genau an der riskantesten Stelle platzte ein Autoreifen. Wir hörten Schüsse und wechselten blitzschnell den Reifen. Dann ging es weiter und wir kamen endlich an unser Ziel. Es war eine Brücke ohne Mauer, die über einen reißenden Fluss führte. Wir wussten: Auf der anderen Seite wären wir in Sicherheit.

Ich erinnere mich genau: Vor, auf und hinter der Brücke drängten sich unzählige Menschen. Wir ließen unsere Autos stehen, überquerten die Brücke zu Fuß und waren in wenigen Minuten in der kurdischen Hauptstadt Dohuk, in der Autonomen Region Kurdistan im Irak. Wir waren in Sicherheit!

Eine neue, ganz andere Welt

In Dohuk wurden wir von unseren anderen Verwandten mit Autos abgeholt. Sie hatten bereits einen Platz für sich gefunden und wollten uns dahin mitnehmen. Das hieß für uns, alle wieder in die engen Autos. Wir fuhren durch eine neue, ganz andere Welt, vorbei an Tankstellen und hell erleuchteten Häusern. Es war schon relativ dunkel, aber die Straßenlaternen machten die Straßen so hell, als wäre es mittags. Wir waren total begeistert, und ich fühlte mich, als sei ich auf einem anderen Planeten gelandet.

Wir kamen dann irgendwo an einer Schule an, die während der Sommerferien für die Geflüchteten geöffnet worden war. Wir konnten sehen, wie viele Menschen sich dort schon befanden, denn in jedem Zimmer waren Lampen an. Wir stiegen aus, vor dem Eingang stand ein Mann mit einem Wasserschlauch, der jedem das Gesicht, die Hände und Füße reinigte. Das tat gut, denn wir hatten dicke Schichten Sand auf unserer Haut.

Ich ging rein und hatte Gefühle, die ich seit Tagen nicht mehr kannte. Ich konnte mich waschen und sogar duschen, ich roch und aß nach langer Zeit wieder gekochtes Essen. Wir kriegten Kartoffeln in Tomatensoße und Reis. Und ich bekam eine Matratze und eine Decke zum Schlafen. Was für ein Gefühl, denn die vergangenen Nächte hatte ich meistens nur meine Schuhe als Kissen und musste auf steinigem Boden schlafen.

Ich wurde wach und hörte die Vögel zwitschern

Wie gewohnt, wachte ich sehr früh auf. Doch dieses Mal befand ich mich nicht im Gebirge oder in der heißen Wüste. Ich dachte an die Tage davor, und mir kamen die Tränen, ich wollte einfach nur weinen, was ich auch tat. Es war ein Gefühl von Trauer und Freude zugleich. Ich sah um mich, aber niemand war wach.

Bald schlief ich wieder ein, und als ich wieder aufwachte hörte ich die Vögel zwitschern und spürte die kühle Morgenluft. Endlich hatten wir wieder ein Dach über dem Kopf und es gab sogar richtige Toiletten, allerdings mussten wir davor Schlange stehen, denn nur vier waren intakt – und das für hunderte von Männern und Frauen, die anderen Toiletten waren kaputt.

In aller Frühe kam mein älterer Bruder und brachte mir und meinen Geschwistern je einen Jogginganzug. Als die IS-Kämpfer in unser Dorf kamen, war mein Bruder zum Glück nicht da, weil er an einem anderen Ort arbeitete. So ist er vor dem Massaker verschont geblieben und überlebte.

Mein lieber, kluger Bruder bekam jedoch Depressionen und wollte sich deshalb öfters umbringen. Jetzt aber war er für uns eine unersetzliche und wertvolle Hilfe. Er rauchte eine Zigarette nach der anderen und hatte ständig das Handy am Ohr. Er setzte alles daran, meine vom IS gefangenen Schwestern zu retten und unseren Vater begraben zu lassen, damit der nicht von Tieren gefressen würde.

Wie geht es weiter?

Was wird der nächste Tag bringen? Wir warteten auf Nachrichten von unseren Verwandten. Und dann wurde mein ältester Bruder von meinen Onkels mütterlicherseits angerufen. Wir hörten, dass sie an einem Ort etwa vierzig Minuten von uns entfernt waren. Sie sagten, es sei eine Art Haus und es gäbe genügend Früchte drum herum und auch genügend zu essen. Schnell rief mein Bruder ein Taxi und brachte uns für wenig Geld dort hin. Fast alle meine Onkelfamilien befanden sich dort. Weinend erzählten wir ihnen unsere Geschichte und waren froh, jetzt bei ihnen zu sein.

Das Haus war eine alte Schule, und sie dachten, sie würden für eine längere Zeit dort bleiben. Sie richteten es sich immer gemütlicher ein, und wir verbrachten gemeinsam einen guten Tag. Nachdem wir gescheit gegessen hatten, wurde einer meiner Onkels von seinem Bruder angerufen. Der erzählte, dass er sich mit einigen anderen unserer Verwandten in einem Zeltlager in Diyarbakir in der Türkei befände. Er sagte auch, dass sie sehr zufrieden seien und sich dort willkommen fühlten.

Meine Onkelfamilien wollten sich deshalb auch auf den Weg dorthin machen. Sie baten vor allem Mutter mitzugehen, aber sie lehnte es ab, wofür sie einen guten Grund hatte: Alle ihre vier Töchter waren gefangen, und sie wusste, wenn sie sich so weit entfernte, dann würde niemand nach ihnen fragen, sie suchen und versuchen sie zu retten.

Die anderen wollten jedenfalls gehen, wir aber nicht – zum Glück. Denn wir bekamen am nächsten Tag morgens einen Anruf von meinem Onkel väterlicherseits, der uns darüber informierte, dass alle fünf Familien in eine andere Schule in Dohuk gezogen seien, wo es genug Platz gab und auch Lebensmittel und alles, was man so braucht. Da immer mehr Flüchtlinge in die Schule kamen, mussten wir uns beeilen. Wir nahmen nur eine kleine Tasche mit, sonst besaßen wir nichts.

Abschied und Hoffnung auf ein Wiedersehen

Wir verabschiedeten uns von allen, weil wir wussten, wenn sie in die Türkei fahren, würden wir sie lange nicht mehr sehen. Wieder kam ein Taxi und brachte uns zu der genannten Adresse. Im Eingang der Schule sahen wir nur in fremde Gesichter. Es war ein zweistöckiges Gebäude mit Ecken voller Kleider und Schuhen und vielen anderen Sachen, die Nachbarn der Schule für die Geflüchteten dort bereitgelegt hatten. Wir wurden in Empfang genommen und in den zweiten Stock gebracht, der zwei Flure hatte. Auf unserem Flur waren drei Zimmern, und in zwei von diesen Zimmern wohnten schon je zwei Familien. Das dritte mussten wir uns mit einer achtköpfigen Familie teilen, die dort bereits untergebracht war. 13 Personen in einem Raum! Das war für uns nicht ganz einfach, aber trotzdem waren wir froh, endlich wieder an einem sicheren Ort zu sein.

Jeder war mit allem zufrieden und dankbar für alles. Endlich konnten wir uns richtig ausruhen und uns von all den Strapazen erholen. Wir drei Kinder, der älteste Bruder und Mutter waren sehr erschöpft und müde. Bevor wir uns hinlegten, gingen wir aber noch schnell ins Erdgeschoss, um uns etwas zum Anziehen zu holen. Wir stellten allerdings fest, dass es absolut nichts gab, was uns passte, so dass wir nie Kleidung in unserer wirklichen Größe anhatten.

In der Schule befand sich eine große Küche, hier wurde für all die vielen Menschen gekocht und das Essen dann in alle Etagen gebracht. Pro Person gab es einen Plastikteller, ob es schmeckte oder nicht, spielte keine Rolle. Und genau das gleiche beim Brot: pro Person zwei Brötchen, die manchmal hart wie Stein waren. Deshalb kauften viele Leute oft lieber Brot oder Lebensmittel in einem Laden, so wie wir, als mein Bruder endlich sein Monatsgehalt bekam.

Mein Alltag dort: eine Schule in Dohuk

In aller Frühe wachten wir auf, meistens geweckt vom Geschrei der beiden Kleinen und dem Lärm der vielen anderen, die in unserem Zimmer untergebracht waren. Auch wenn wir wach waren, mussten wir liegen bleiben, weil es im Zimmer keinen Platz gab, um herumzulaufen, und überall Menschen auf dem Boden lagen und manche noch schliefen. So standen wir nur auf, wenn es nötig war.

Wir zwei Familien hatten vereinbart, dass wir wie eine einzige Familie morgens füreinander Frühstück besorgen und Brot kaufen. Die zuerst aufwachten, sollten sich darum kümmern. Aber eigentlich blieb das jeden Morgen an uns hängen. Da wir keinen Kühlschrank hatten, konnten wir immer nur für einen Tag einkaufen. Bereits nach wenigen Tagen war das Geld meines Bruders verbraucht, denn außer Lebensmitteln haben wir uns davon auch ein paar Kleidungsstücke besorgt, die wir unbedingt brauchten. Also lieh mein Bruder sich etwas Geld von einem Bekannten.

Eine der häufigsten Aufgaben des Tages war für uns Jungs, acht 1-Liter-Flaschen mit Wasser zu füllen. Dafür mussten wir zum anderen Ende der Schule laufen, wo es drei Männertoiletten und drei Frauentoiletten gab. So mussten wir Kinder mindestens zehn mal runter und all die Treppen wieder hoch laufen, um die schweren Flaschen aufzufüllen, denn das Wasser wurde benötigt, um Geschirr und Kleidung, Gesicht und Hände zu waschen, Tee zu machen und für Vieles andere mehr.

Dies alles, weil es in unserem ganzen Bereich keinen Wasserhahn gab. Doch irgendwann hatten wir dann zum Glück die Idee und vor allem den Mut, in Läden nach großen, leeren Flaschen zu fragen. Wir bekamen genug zusammen, die wir dann alle relativ früh auffüllten, so dass wir nicht mehr den ganzen Tag die vielen Treppen rauf und runterlaufen mussten.

Vor verschlossenen Türen

Wir überlegten uns auch, einige Sachen zu organisieren, also neue Decken oder Matratzen, Kissen und vielleicht sogar einen kleinen elektrischen Herd mit ein paar Pfannen, damit wir kochen könnten, was wir wollten, denn das Selberkochen war dort erlaubt. So gingen meine zwei kleinen Geschwister und ich – manchmal kamen auch meine Cousins mit – zu den Menschen in die Häuser und fragten, ob sie etwas von den Sachen abgeben, die sie nicht brauchen.

Einige machten die Tür auf und gaben auch etwas, andere nicht, einige lachten uns aus und andere trauerten mit uns.

Einige wussten auch schnell, dass wir zu den Geflüchteten gehörten, oder schauten vom Balkon und machten die Tür mit Absicht nicht auf. Andere wiederum legten ihre Sachen für uns schon vor ihre Türe. Es war sehr hart in der Hitze barfuß auf dem heißen Pflaster zu laufen und so die schönen Häuser der Leute zu betreten, aber es war eine Aufgabe, die wir täglich erledigen mussten. Außerdem baten wir in den Läden um altes Obst und Gemüse zum halben Preis, und jedes Mal kam es auf unser Glück an, was der Verkäufer für ein Mensch war.

Wir bekommen einen Herd und spielen Fußball

Viele Tage vergingen, und wir hatten immer noch keinen Herd. Also warteten wir weiterhin auf die zwei täglichen Essensrationen aus der Schulküche. Oft weinten die Kleinen vor Hunger bevor die nächste Mahlzeit kam, so auch meine Geschwister und ich. Das war der Grund, weshalb ich mich eines Tages aufmachte, bei sehr vielen Menschen läutete und nach einer Kochplatte fragte, bis ich eine bekam. Sie war klein und zwei Töpfe passten drauf.

Es regnete, ich hatte noch nichts gegessen und fand fast nicht mehr nach Hause, weil ich mich so oft verlaufen hatte. Irgendwann kam ich aber endlich an, und die Freude meiner Familie ließ mich meinen Hunger vergessen. Schnell kauften wir ein, und Mutter kochte noch am selben Tag eine Suppe. Den Rest des Tages verbrachten wir damit, mit anderen Kindern draußen zu spielen.

Besonders liebten wir Fußball. Oft spielten auch Kinder aus unserer Wohngegend mit. Im Gegensatz zu uns waren sie gut gekleidet und sahen gesund aus. Wenn ich die Jungen und ihre Fahrräder und Kleidung sah, war ich traurig, dass wir uns das alles nicht leisten konnten. Auch beobachtete ich

Kinder und viele Erwachsene, die uns neugierig anschauten und sich darüber lustig machten, wie wir aussahen oder was wir anhatten.

Glückliche Tage sind selten

Da es sehr heiß im Zimmer und viel zu eng für 13 Personen war, beschlossen die Männer und wir Jungs unten zu schlafen, wo ein kühler Wind die Nacht erträglicher machte. Ein weiterer Vorteil war: Die Frauen und Mädchen hatten oben dann mehr Platz. Leider fanden wir nur eine Stelle zum Schlafen, wo alle an uns vorbei liefen, wenn sie auf die Toilette mussten. Und so verliefen unsere Tage und unser Leben. Wir alle hatten gebrochene Herzen. Jeder vermisste seine Schwestern, Töchter oder Schwägerinnen, die der IS gefangen und verschleppt hatte. Trotzdem freuten wir uns über jede Kleinigkeit, allein schon, wenn jemand etwas zum Anziehen spendete und jede Familie etwas davon bekam.

Glückliche Tage waren selten, Tage etwa, wenn eine der Verschleppten sich meldete. Jeder einzelne hatte sein Handy auf laut gestellt. Viele Leute waren darauf angewiesen zu erfahren, in welchem Dorf die Mädchen sich befanden, ob noch andere Verschleppte bei meinen Schwestern wären und sie so die Möglichkeit hätten, uns anzurufen.

Eine gute Nachricht: Zaytun ist in Sicherheit

Irgendwann kam der lang ersehnte Moment: Jemand meldete sich und sagte, dass meine älteste Schwester bald gerettet würde, und dass sie sich schon auf dem Weg zu uns befände, und zwar durch dasselbe Gebirge, durch das auch wir gekommen waren. Wir waren alle außer uns vor Glück und hatten Schmetterlinge im Bauch. Wir freuten uns riesig, waren aber auch gleichzeitig traurig, denn außer ihr fehlten noch sehr viele der schönen jungen Mädchen, die der IS in seiner Gewalt hatte. Schließlich kam die gute Nachricht: Sie und ein anderes fremdes kleines Mädchen waren in Sicherheit.

Das kleine Mädchen wurde zu seiner Familie gebracht und Zaytun, meine älteste Schwester, kam bei uns in der Schule an. Es war unbeschreiblich und jeder weinte nur noch. Zaytun fragte immerzu nach unserem Vater, und so sagten wir, er kämpfe in den Bergen gegen den IS. Wir wollten sie schonen und erst einmal zur Ruhe kommen lassen. Doch sie glaubte uns nicht. Nach zwei, drei Stunden sagten wir ihr die Wahrheit, dass Vater vom IS umgebracht worden sei. Diese schlimme Nachricht warf sie erst einmal um. Doch allmählich gewöhnte sie sich an alles: das Leben in der Schule, an die misslichen Umstände und vor allem daran, keinen Vater zu mehr haben.

„Hallo! Hier ist Waheeda!“

Einige Tage später erlebten wir wieder so einen glücklichen Tag. Ich hatte das Handy meiner Mutter in der Hand und bekam einen Anruf. Ich ging auch direkt ran, weil es keine gespeicherte Nummer war. Ich hörte ein „Hallo“ von einer Mädchenstimme, die ich sofort erkannte: Es war meine zweitjüngste Schwester, die der IS gefangen genommen hatte. Sie sagte: „Hier ist Waheeda“, und bevor ich ein Wort rausbekam, rannte ich blitzschnell zu Mutter und brachte ihr das Handy. Sie war mit meiner jüngsten Schwester im Zimmer, weil sie sich wuschen.

Ich klopfte aufgeregt und gab Mutter das Handy durch ein kleines Loch in der Tür. Sie fragte Waheeda sofort: „Wo bist du und bei wem?“ Es stellte sich heraus: Waheeda war in Mosul und bei ihr waren meine andere Schwester Khalida, meine Cousine und drei fremde Mädchen. Sie wurden in einem Haus gefangen gehalten und von drei IS-Kämpfern streng bewacht. Meine andere junge Cousine wohnte in der Nähe von ihnen. Waheeda sagte auch noch, dass es ihnen allen gut gehe und ihre Aufpasser eher gutherzige Menschen seien, die ihnen nicht wehtäten.

Mittlerweile waren schon viele unserer Verwandten um Mutter herum, die ebenfalls mit Waheeda redeten, doch irgendwann ging das Handy aus und wir konnten sie nicht mehr erreichen. Aber das Wichtigste wussten wir jetzt, dass sie ein Handy hatten bzw. die Nummer von meinem Bruder, die sie auswendig kannte.

Abends trafen wir uns bei meinem Cousin, dessen seit vielen Jahren verstorbener Vater viele Freunde in Mosul hatte, die er auch kannte. Zum Glück erreichte er einen von ihnen, der nur überlebt hatte, weil er sein Haus nicht verließ, als der IS angriff. Er gab sich als IS-Kämpfer aus, aber in Wirklichkeit half er den Jesiden dort. Mein Cousin erzählte ihm, was Sache war, und der Helfer, den wir ausgesucht hatten, war bereit uns zu helfen und stimmte zu.

Waheeda und Khalida werden gerettet

Mutter teilte Waheeda mit, dass wir jemanden schicken, der sie retten wird. Wir vertrauten dem Mann und gaben ihm die Nummer, von der aus meine Schwester uns angerufen hatte. Er rief dort an und konnte auf Anhieb mit Waheeda sprechen. Umgehend informierte er meinen Cousin über die Einzelheiten des Gesprächs, vor allem auch darüber, wo sie genau waren und über die IS-Kämpfer, die auf sie aufpassten.

Er rief immer wieder bei meiner Schwester an, manchmal konnte sie nicht ans Handy gehen, aber wenn er sie erreichte, sammelte er mehr und mehr Informationen, die für die Rettungsaktion wichtig waren. Er fragte zum Beispiel, an welchem Tag sie raus gehen dürften, so dass er sie abholen könnte, was nur abends möglich war.

Er kümmerte sich sehr um alles und ging auch viele Risiken ein, gefährdete sogar sein eigenes Leben. Als Dank sollte er einen hohen Geldbetrag bekommen. Nach jedem Telefonat hielt er uns auf dem Laufenden. Eines Abends war es dann soweit. Die Mädchen mussten alle einen Tschador anziehen, nicht einmal ihre Haare durfte man sehen und über ihre Augen zogen sie einen durchsichtigen Stoff, damit sie wenigstens die Straße erkennen konnten. Morgens um fünf Uhr, als es noch stockdunkel war und die IS-Aufpasser noch schliefen oder nicht da waren, gingen sie los.

Gottseidank hat alles geklappt. Die drei Mädchen waren in Sicherheit und befanden sich bei ihrem Retter zuhause. Dort sollten sie die ersten ein bzw. zwei Tage bleiben. Wir konnten aber mit ihnen telefonieren und sie erzählten uns alles. Sie konnten ihr Glück kaum fassen und es immer noch nicht glauben, dass sie gerettet waren.

Sie waren so glücklich, dass sie all ihr Gold, das sie trugen, also ihre Ohrringe, Ringe und Armbänder, der Frau ihres Retters schenkten. Wenn es ihnen möglich gewesen wäre, hätten sie am liebsten noch mehr gegeben. In ihren Augen war ihre Gabe viel zu wenig dafür, dass ihre Retter so menschlich und lieb waren und vor allem dafür, dass sie lebend dem IS entkommen waren.

Doch es war noch nicht zu Ende

Zwei Tage später sollte die Übergabe stattfinden. Schwestern und Cousine zogen sich wieder ganz schwarz an, damit man nichts von ihnen sehen konnte und sie so alle IS-Checkpoints sicher passieren konnten. Der Retter teilte meinem Cousin mit, wann er wo sein sollte, und zwar mit dem Geld. Er und mein Cousin sahen sich dann, aber sie durften sich nicht zu nahe kommen. Also stoppten sie ihre Autos hundert Meter voneinander entfernt, und mein Cousin nahm unauffällig das Geld in die Hand. Damit ging er zu dem Auto mit den Mädchen, holte alle drei ab und gab das Geld unbemerkt dem Retter. Nicht einmal das Wort „Danke" durfte er aussprechen.

Als die Mädchen bei meinen anderen Cousins ankamen, durften sie die auch nicht umarmen oder mit ihnen reden, damit niemand merkte, dass sie gerettete Menschen sind – die kurdischen Soldaten hätten das Ganze ja beobachten können.

Sie kamen auf die gleiche Weise über viele kurdischen Grenzen, so wie der Retter über IS-Grenzen gelangen musste. Sie berichteten, dass die drei Mädchen manchmal sogar aussteigen mussten. Ab und zu wurden sie nur nach ihrer Geschichte gefragt und manche Grenzposten freuten sich sogar zu sehen, dass Menschen gerettet wurden und verlangten nichts von ihnen.

Zu der Zeit waren wir bloß noch drei Familien in der Schule, die drei anderen hatten sich zwei Wohnungen in Erbil in Kurdistan gemietet. Das Gute daran war, dass wir jetzt mehr Platz hatten und jede Familie ein eigenes Klassenzimmer bewohnen konnte.

Ein Wiedersehen und eine traurige Wahrheit

Ich erinnere mich noch ganz genau an den Tag, an dem die Mädchen bei uns ankamen. Wir zitterten vor Aufregung. Als sie sahen, was für ein hartes Leben wir hatten, weinten sie und fragten ständig nach Vater. Wir vertrösteten sie mit der gleichen Ausrede wie bei Zaytun: dass er in den Bergen gegen den IS kämpfe. Aber auch sie glaubten uns nicht. Sie fragten Mutter: „Warum hast du so abgenommen?" oder „Warum seht ihr so verschlossen aus?" Wir sagten zunächst nichts, erst als sie gegessen und sich ausgeruht hatten und nicht mehr weinten, erfuhren sie von Mutter die Wahrheit, dass er und Onkel Ato umgebracht wurden. Sie weinten furchtbar und waren kaum zu beruhigen. Nach einiger Zeit konnten sie wieder sprechen und sagten: „Wir wussten, dass irgend etwas los ist und dass ihr uns anlügt." Aber was hätten wir denn anderes tun sollen? Allmählich gewöhnten sie sich an das beschwerliche Leben in der Schule und auch an das Gefühl, keinen Vater mehr zu haben. Aber es ging ihnen immer nur dann besser, wenn sie eine Weile geweint hatten. Oder wenn sie überlegten, wie man die anderen Verschleppten retten könnte. Es ging dann nur noch darum, mutige Menschen zu finden.

Noch eine Rettung

Dann war es wirklich soweit, und wir hatten zum zweiten Mal großes Glück: Die drei Schwiegertöchter von Gazal und die Schwiegertochter einer meiner Tanten wurden gerettet. Eine der vier Frauen war schwanger und hatte zwei kleine Kinder bei sich. Was anfangs unmöglich schien, war uns gelungen. Das motivierte uns, weiterzumachen.

Wir riefen immer mehr Freunde und viele andere Leute an und baten sie um Unterstützung. Es gab Menschen, die weniger Geld wollten, wenn sie unsere Geschichte gehört hatten, und sogar Leute, die gar nichts verlangten. Aber es gab auch solche, die viel wollten. Und zum Glück war der kurdische Staat jederzeit finanziell für uns und andere Flüchtlinge da, wenn es darum ging, ein Familienmitglied zu retten. Wir gaben alles dafür, alles was wir noch besaßen: jedes Goldstück, Ringe, Ohrringe und vieles mehr wurden verkauft.

Dann kamen viele Reporter und wollten ein Interview mit den Mädchen machen. Einige gaben den Mädchen ein Honorar oder brachten etwas Nützliches für die Familien mit, andere sahen wir, ohne dass sie etwas gezahlt hätten, nie wieder.

Ein neuer Abschnitt beginnt

Nach zwei harten Monaten mit einem beschwerlichen Leben in der Schule und vielen schönen Momenten, aber auch traurigen, wo wir nicht mehr weiter wussten, begann ein neuer Abschnitt: Die Schulferien waren zu Ende, und wir mussten aus der Schule raus. Damit niemand auf der Straße leben musste, wurden große Zeltlager mit tausenden Zelten gebaut. Da wir nicht dorthin wollten, suchten wir nach anderen Möglichkeiten.

Wo konnten wir hin, wo gab es nicht so viele Menschen an einem Ort? Für einige Monate wurden uns Wohnungen angeboten, in denen wir vorübergehend leben konnten, was Mutter – aus welchen Gründen auch immer – ablehnte. Auch das Angebot, zu meinen übrigen Onkels zu ziehen, die nicht in die Türkei gegangen waren, schlug sie aus.

Von Tag zu Tag wurden es weniger Menschen in der Schule, alle gingen irgendwo hin, die allermeisten in die Zelte. Wir aber blieben bis zum letzten Tag. Da uns nichts anderes übrig blieb, entschieden auch wir uns schließlich für die Zelte. Wir packten die wenigen Sachen, die wir hatten und luden sie in den Lkw, der zum Zeltlager fuhr. Meine Schwestern waren sehr unglücklich, denn sie hatten schon drei harte Monate hinter sich und sollten jetzt auch noch das harte Leben im Zeltlager durchmachen.

Ein rettender Anruf

Unsere Sachen waren bereits im Lkw verstaut, da rief mein Onkel an und sagte, dass es bei ihnen noch einen freien Raum gebe. Schon kurze Zeit später holten uns zwei Autos ab. Vom ersten Augenblick an gefiel es mir an dem neuen Ort. Es war ein Platz mit vielen Bäumen, Läden, umgeben von Bergen, von denen Wasser ins Tal floss. Dort war es auch viel kühler als zuvor in der Schule.

Es war ein baufälliges Haus, und wir bekamen ein Zimmer, das zwischen drei anderen Räumen von unseren Verwandten mütterlicherseits lag. Wir gingen solange zu meiner Tante, bis unser Zimmer durch eine Holztür und ein Fenster aus Plastikfolie etwas wärmer wurde. Von unserem Zimmer aus hörten wir das Geräusch des Wasserfalls, der vom Berg fiel, und sogar unter dem Gebäude floss 20 Zentimeter tiefes Wasser.

Wir richteten uns immer besser ein, zu erst einmal mit einem Stück Teppich und Matratzen. Dann teilten wir den großen Raum mit einer Trennwand aus Nylon in zwei kleine Wohnbereiche. Im hinteren waren unsere Schlafsachen, dort schliefen und aßen wir. Im Eingangsbereich waren unsere restlichen Sachen, hier legten wir und Besucher die Schuhe ab. Auch unsere Kochplatte und das wenige Geschirr, das wir besaßen, hatte dort seinen Platz. Wir verbesserten unser Zimmer immer weiter und machten es zu einem Zuhause für uns.

Oft bekamen wir auch Sachen geschenkt, z.B. Sandwichs, Eis, Fahrräder, Kleidung oder auch Geld. Meistens wurden die Sachen vor dem Eingang der Gebäude an jemanden gegeben, der sie an alle Familien verteilen sollte, was aber selten gemacht wurde. Die Person, die es angenommen hatte, nahm es für sich und die eigene Familie. Doch irgendwann bekamen die Leute, die Gutes taten, das mit. Deshalb brachten immer weniger und am Ende keiner mehr etwas vorbei. Von den Läden haben wir Vieles billiger bekommen, manchmal auch etwas umsonst.

Zwei Verlobungen und wieder ein Umzug

Wir hatten jetzt ein schönes Leben, und mein Bruder verlobte sich mit meiner Cousine. Sie hatten sich schon vor dem Krieg kennengelernt und eine gemeinsame Zukunft geplant. Auch meine Schwester Khalida verlobte sich, ihr Verlobter wohnte mit seiner Familie in dem gleichen Gebäude wie wir. In unserer Religion ist es erlaubt, dass ein Mädchen seinen Cousin oder ein Junge seine Cousine heiratet. Das ist das Beste für unsere Gemeinschaft. Aufgrund der zwei Verlobungen meiner Geschwister gab es sehr viele Gerüchte über uns, und für alle Familien dort waren wir das Gesprächsthema. Überall lästerte man über uns, denn wenn jemand gestorben ist, darf man in unserer Tradition keine Verlobung oder Hochzeit feiern. Und bei uns war mein Vater vom IS getötet worden und eine meiner Schwestern war noch gefangen, und wir wussten nicht, ob sie überhaupt noch lebt.

Es gab aber viele Gründe, die für die Verlobungen sprachen, weshalb Mutter meinen Geschwistern die Erlaubnis dazu gab. Als uns das Gerede zu viel wurde, entschieden wir uns, doch in die Zelte zu ziehen. Kaum waren wir dort, erhielten meine drei geretteten Schwestern die Chance, nach Deutschland zu gehen.

Willkommen in Stuttgart

Zaytun, Khawla und Waheeda hatten die Möglichkeit über ein Sonderkontingent für verfolgte Jesidinnen nach Baden-Württemberg zu kommen. Schweren Herzens entschieden sie sich dafür und packten ihre Sachen. Wir verabschiedeten uns von ihnen, und die ganze Woche vor der Abreise mussten sie in einem Hotel in Erbil schlafen. Bei Veranstaltungen und Besprechungen bekamen sie allgemeine Informationen über Deutschland. Es waren Gruppen von vielen Menschen in dem Hotel. In der Gruppe meiner Schwestern waren dreißig Leute. Sie alle kamen gut in Deutschland an. In den ersten Wochen hatten wir jedoch keinen Kontakt zu ihnen, weil sie sich dort noch nicht auskannten.

Und wieder kein Dach über dem Kopf

Obwohl meine drei Schwestern gebeten hatten, uns Übrige auch nach Deutschland zu bringen, wollten wir das nicht, weil eine meiner Schwestern noch gefangen war. Unser ältester Bruder Khairy durfte nicht mit nach Deutschland, weil er den Krieg nicht mit erlebt hatte. Er musste im Irak bleiben, und seine Frau, mit der er sich erst vor Kurzem verlobt hatte, blieb bei ihm und noch andere Verwandte von uns. Da er nicht allein war, entschieden wir uns nun doch nach Deutschland zu gehen. Wir fingen an, uns um unsere Pässe zu kümmern.

Genau zu dieser Zeit mussten wir aus dem Gebäude ausziehen, weil daran anscheinend weiter gebaut werden musste. Wir hatten keinen Schimmer, wohin wir gehen sollten und genauso ging es den anderen Familien. Nach vielem Suchen und Fragen bekamen wir mit, dass irgendwo Wohncontainer neu gebaut wurden und deshalb viele noch leer waren.

Wir und unsere Tante meldeten uns schnell an und ließen uns Container reservieren. Bevor wir komplett hinziehen konnten, mussten einige von uns erst mal hingehen, um dort zu putzen, was tagelang dauerte, weil sie innen unglaublich schmutzig waren. Später zogen wir dann ein und vereinbarten, wer wo wohnen sollte, weil wir drei Familien waren.

Leben im Container

Wir bekamen drei Container, in einem schliefen mein Bruder und seine Frau, im anderen zwei kleine Geschwister sowie Mutter, Oma und ich. Es war zuerst sehr schwierig, dort zu leben, doch wir gewöhnten uns daran und waren zufrieden. Es gab sehr viel Geschrei und Schmutz und noch dazu war es extrem heißes Wetter. Dann gab es einige Tage, die so stürmisch waren, dass der Wind viele unserer Sachen mit sich riss und sie einfach verschwanden. Uns wurde aber von der Stadt viel gebracht, zum Beispiel Schuhe, Lebensmittel, Mülltonen und was man sonst noch dringend brauchte.

Für uns Kinder fand dort auch ein Schulunterricht statt. Meine Geschwister und ich meldeten uns aber nicht an, denn wir dachten, dass wir vor dem Endjahreszeugnis nach Deutschland gehen würden. Einmal bin ich mit einem Cousin zur Container-Schule hingegangen, und es sah so aus: Es gab drei Klassen, jede Klasse war zwei mal so groß wie ein normaler Container. Die Schüler mussten ihre Schuhe ausziehen und draußen vor dem Container stehen lassen, weswegen einige geklaut wurden. Ich sah auch, wie Schüler geschlagen wurden; das war ein Grund mehr, weshalb ich nicht dorthin wollte. Stattdessen gingen wir zu unseren Beratungsterminen, um genau zu erfahren, wie wir nach Deutschland kommen.

Meine Geschwister und ich hatten sehr viel Freizeit dort und irgendwann die Cousinen und Cousins auch, weil ihre Sommerferien anfingen. Wir sahen bei Nachbarn fern, spielten Fußball, und gingen oft zum Abhängen oder zum Einkaufen an den Eingang der Container.

Reisevorbereitungen: Es geht nach Deutschland

Ich konnte es lange nicht glauben, dass wir wirklich nach Deutschland gehen würden und freute mich riesig darauf. Es wurde jetzt langsam ernster, und Mutter durfte auch mal umsonst Kleidungen für uns holen, wie jede andere Frau in unserer Gruppe, die mit uns gehen würde. Und endlich konnte ich es dann auch glauben: Unser größter Wunsch geht in Erfüllung. Es war der Traum jeder einzelnen Familie, in ein anderes Land gehen zu dürfen – Durst, Hunger, Hitze und Dreck hinter sich zu lassen.

Dann kam irgendwann der Tag, an dem wir alle zu einer Informations-Veranstaltung gehen mussten, wo sehr wichtige Leute dabei waren, und wir merkten, dass die Fahrt nach Deutschland ganz bald sein würde. In der Veranstaltung wurde uns von Vielem berichtet und wir wurden über das Wichtigste in Deutschland informiert. Es waren vor allem Dinge, die man im Irak nie gesehen oder gekannt hat. Einige Tage nach diesem Treffen war es soweit. Wir mussten eine Woche lang in ein Hotel, so wie unsere Schwestern vor uns. Das Essen, die Zimmer und all das Schöne dort – diese Woche war für uns schon was ganz Neues und Besonderes.

Und am letzten Tag fuhren wir dann los. Nach zwei Stunden, die vor Freude für mich wie zwei Minuten vergingen, kamen wir am Flughafen an. Ich sah zum ersten Mal in meinem Leben ein Flugzeug, und es war für uns alle ein unglaublich schönes Gefühl in dem Flugzeug zu sitzen, das uns nach Deutschland bringen sollte. Endlich konnten wir die schreckliche Angst vor dem IS und das ganze Elend – den quälenden Hunger und Durst – hinter uns lassen.

Ankunft in Stuttgart – ein neues Leben beginnt

Meine Gefühle waren durcheinander, es war in dem Moment nicht nur ein einzelnes Gefühl, das ich spürte. Einerseits hatte ich vor Freude Tränen in den Augen und musste sogar am Anfang erst mal weinen, denn wir hatten endlich unsere drei Schwestern wieder. Und andererseits war mein Kopf noch im Irak zurückgeblieben. Genauso war es bei meinen beiden kleinen Geschwistern und auch bei Mutter, man sah es ihrem Gesicht an. Der Grund war, dass uns liebe Menschen fehlten – meine Schwester, die noch beim IS war, mein Bruder mit seiner Verlobten und mein Vater, dessen Leiche noch nicht einmal begraben worden war. Das alles beschäftigte uns in diesem Moment und mischte sich als trauriges Gefühl in unsere Freude.

Wir konnten es einfach noch nicht fassen, in Stuttgart zu sein. Ich hatte die ganze Fahrt lang bis zu meinen Schwestern eine Gänsehaut. Ein Traum wurde wahr!!! Wir sind an einem Ort, der nichts mit dem Irak zu tun hat! Hier können wir unser Leben leben und keiner kann uns was antun. Nach einer halben Stunde Fahrt waren wir dann am Ziel. Und obwohl es so spät war, waren alle Schwestern noch wach und warteten auf uns, sogar die uns unbekannten jesidischen Familien, die zusammen mit ihnen nach Deutschland gekommen waren.

Da wir eine lange Reise und einen anstrengenden Tag hinter uns hatten, wollten meine Schwestern, dass wir erst einmal schlafen. Nach einer ruhigen Nacht und guten Schlaf, wie ich es seit Monaten nicht gehabt hatte, wachte ich auf und rannte gleich ans Fenster, um einen Blick auf die Straße und auf die anderem Häuser ringsum zu werfen.

Die erste Geburtstagsfeier meines Lebens

Was ich sah, schockte mich, denn ich sah beim ersten Blick nichts, was ich schon kannte. Da waren ein Gebäude mit Balkonen und daneben ein Spielplatz. Ich sah Kinder, die spielten, Fahrrad und Roller fuhren. Ich wollte sofort nach unten gehen und alles dort anschauen. Auf der Treppe bemerkte ich, dass auf den Stufen unseres Stockwerks ein Security-Mann saß, der darauf aufpasste, wer zu uns kommt und wer geht – auch deshalb, weil die Leute dort noch geschockt waren und Angst hatten. So wurde darauf geachtet, dass kein Fremder unser Stockwerk, also das oberste, betritt.

Als ich dann unten war, wurde mir ein anderer Grund klar, warum die Security da war, nämlich, weil wir nicht alleine dort wohnten. Auch Araber, Afrikaner, Albaner, Afghanen, Russen, Pakistani und noch einige andere Nationalitäten waren hier untergebracht. Es war eine andere Welt für uns.

Meine Schwester zeigte uns die Frau, die für uns zuständig war, also unsere Sozialarbeiterin, die ihr Büro auf unserem Stockwerk hatte. Sie sagte, dass ich gestern – an dem Tag, an dem ich angekommen war, am 25. Juni – meinen 12. Geburtstag gehabt hätte!

Ich war verwirrt. Es interessierte mich nicht wirklich, und ich freute mich nicht einmal, denn ich hatte bis dahin nie gewusst, wann ich Geburtstag hatte und auch nie gefeiert. Die Sozialarbeiterin wollte es aber unbedingt nachträglich feiern und lud Leute aus dem Stockwerk ein. Sie kaufte beim Lidl zwei

Kuchen und Getränke und machte so meinen zwölften Geburtstag zum ersten gefeierten Geburtstag in meinem Leben.

„Wow"! Tage voller Überraschungen

Jeden Tag aufs Neue hatten wir einen Termin bei der Sozialarbeiterin. Auch zuhause kriegten wir einiges zu tun. Außerdem wurden wir an verschiedene Orte gebracht, und meine Schwestern zeigten mir Plätze und Dinge, wo ich meinen Augen nicht traute und es einfach nur verrückt fand. Dinge, bei denen ich und meine Geschwister nur „Wow" sagten, denn all diese Sachen hatten wir noch nie gesehen. Nach einigen Tagen wurden für uns die zwei wichtigsten Aufgaben erledigt, und zwar wurden Aufenthaltstitel beantragt, die wir einige Zeit später auch erhielten. Und wir wurden für die Schule angemeldet. Ich freute mich und hatte irgendwie auch diese Angst in mir, denn ich wusste, ich muss jetzt alles bei Null anfangen.

Einen Tag vor der Schulanmeldung gingen wir ins Kaufhaus und kauften Schulsachen ein, was ich noch nie getan hatte, denn in meiner Heimat haben wir drei Hefte und eine Packung Stifte von der Schule erhalten. Die Läden machten mich wieder sprachlos, allein schon, dass sie so breit und groß waren und dass man alles finden konnte, was man brauchte. Sogar Dinge, die ich noch nie in meinem Leben gesehen hatte und bei denen ich mir nur dachte: „Was ist das bloß?" Es gab sogar Lebensmittel, die ich noch nie gesehen hatte. Die Kassen, die Einkaufswagen und das Verhalten der Kunden, alles unter Kontrolle, nur Menschen, die sich an die Regeln hielten.

Am meisten wunderte ich mich über die U-Bahn, denn mit meinen 12 Jahren kannte ich so etwas nur aus Filmen! Ich schaute nur nach draußen oder im Untergrund auf die Wände oder auf die Menschen im Wagen, wie sie sprachen und wie sie sich verhielten.

Vorfreude auf die neue Schule

Abends konnte ich fast nicht einschlafen, denn ich freute mich auf den nächsten Tag, an dem ich hier zum ersten Mal in die Schule gehen würde. Ich stellte mir so vieles vor, wie es drinnen aussieht, mit was für Kindern ich in einer Klasse bin und was ich da lernen werde – diese Fragen beschäftigten mich.

Am nächsten Tag war es soweit und wir wurden von unserer Sozialarbeiterin und Mama mit dem Bus, den ich auch sehr bewunderte, in die Schule begleitet. Am diesem ersten Tag gab es nur ein Gespräch zwischen der Sekretärin und der Sozialarbeiterin, in dem es darum ging, wann wir anfangen werden, wer von uns in welche Klasse geht, was wir mitbringen müssen, welche Fächer wir haben und so weiter. Und während des Gesprächs waren meine Blicke nur auf die beiden Frauen gerichtet, wie sie redeten, oder auf die Sachen im Zimmer und danach vor allem auf die Klassenzimmer. Dort sah ich wieder Dinge, die ich noch nie in meinem Leben gesehen hatte. Zuhause wurde dann alles noch von einer Dolmetscherin für uns übersetzt, und das Beste, was ich hörte war, dass wir am nächsten Tag schon anfangen werden.

Ich fing an, mir auf mein erstes Handy, das ich mit 11 Jahren von meiner Schwester bekommen hatte, Apps herunterzuladen: jeweils ein Bild von einem Gegenstand, daneben wie das Wort geschrieben wird und vor allem ein Audio, wie man es ausspricht. Am selben Tag blieb ich so lange wach, bis ich Zahlen bis 20 und die Sätze, die man braucht, um sich vorzustellen, gelernt hatte.

Mein erster Schultag – im Sprachkurs

Ich wachte mit meinen Geschwistern um halb sieben auf, und nachdem wir uns fertig gemacht hatten, machten wir uns mit den anderen jesidischen Kindern auf den Weg zur Bushaltestelle. So etwas kannten wir nicht, denn in der Heimat konnte man nur zur Schule laufen. Nach einer halbstündigen Fahrt kamen wir bei der Schule an, und gleich erkannten uns einige Schüler dort und stellten sich uns vor, was uns sehr freute. Wenn wir etwas nicht verstanden, wurde es von anderen, die vor uns gekommen waren, übersetzt.

Nach einigen Minuten klingelte es, und als ich einen Jungen fragte, was das sei, antwortete er: „Das ist die Pausenklingel". Aus der Heimat kannte ich es nur so, dass zwei bis drei Mal mit einer Pfeife gepfiffen wurde und das war dann das Pausenzeichen. Wir gingen nach dem Klingeln ins Klassenzimmer und ich sah, dass ich mit meiner Schwester und mit drei von den anderen Jesiden in eine Klasse komme.

Ich sah sehr viele andere Schüler und Schülerinnen im Klassenzimmer, die Deutsch sprachen, sich gegenseitig verstanden und sich auch sehr gut kannten. Das war natürlich bei mir nicht so, deshalb setzte ich mich schnell neben einen der jesidischen Jungen, in der Hoffnung, dass ich mich nicht blamiere, wenn mir eine Frage gestellt wird, sondern die Antwort von ihm gesagt bekomme. Meine kleine Schwester setzte sich auch neben einen jesidischen Jungen. Unser großer Bruder durfte leider nicht zu uns in die Klasse, eben weil er älter war, aber er war in der Klasse neben uns. Ich und die kleine Schwester starrten die anderen Kinder an, wie sie Spaß hatten und mit einander spielten und lachten im Klassenzimmer. Vor allem passten wir auf, wie sie mit der Lehrerin kommunizierten.

Vom Stuhlkreis zum Fußballverein

Als erstes gab es eine Vorstellungsrunde, in der wir auf unseren Stühlen im Kreis saßen, sodass wir uns alle gegenseitig sehen konnten. Mit Hilfe der Lehrerin und den Jungen konnte ich meinen Namen, mein Alter und meine Nationalität nennen und von allen anderen haben wir dasselbe auch gesagt bekommen. Danach haben die Kinder zusammen gesungen, für die Energie und damit sie fit werden sollten.

Zwischendurch gab es eine Pause, in der wir kurz etwas essen konnten, und dann ging es weiter. Die Lehrerin setzte sich zu meiner Schwester und mir und nannte für uns Namen von Gegenständen, wie Bus, Messer Löffel und so weiter. Die anderen bekamen ein Buch und Blätter, die sie bearbeiten mussten. Wann wir aus hatten, entschied die Lehrerin je nach ihrem Plan, aber am ersten Tag war es um zwölf Uhr dreißig.

Ich kam nach einem glücklichen Schultag nach Hause und erzählte meiner Familie von allem, was dort gewesen war, was es gab und wie der Unterricht gelaufen war. Und schnell riefen wir meinen Bruder an, der wegen meiner verschleppten Schwester noch im Irak geblieben war, und erzählten ihm auch alles.

Die Zeit verging, und wir entwickelten uns immer weiter, und zwar in allen Bereichen. In der Schule machten wir Fortschritte wie die anderen Schüler, und auch privat hatten wir bald alles, was man hier in Deutschland braucht, wie z.B. Versicherungskarte, Ausweis oder Fahrkarten und Bonuskarten. Auch fand die Sozialarbeiterin immer mehr Kurse für uns, wo wir hingehen konnten, wie z.B. Fußballvereine oder auch Musikgruppen und ähnliche Dinge, damit wir Hobbys haben und vielleicht unsere Leidenschaft für etwas entdecken könnten.

Wir leben uns ein

Vom Waldheim ins Museum – hin zu kleinen Festen: Es gab für uns viele Möglichkeiten, um andere Menschen kennen zu lernen und uns mit ihnen auszutauschen. Wir trafen auch Kinder mit anderen Migrationshintergründen und fanden sogar enge Freunde unter ihnen. Im Gegensatz zu meinen Schwestern und zu Mutter, wurden wir drei Kinder sprachlich viel besser und wussten nach kurzer Zeit, was von uns verlangt wurde. Langsam aber sicher fühlte ich mich wohl und gewöhnte mich an Vieles.

Allerdings gab es auch immer mehr Dinge, die mich aus der Fassung brachten und über die ich mich nur wundern konnte. Trotzdem hatte ich im Ganzen ein gutes Gefühl und freute mich über alles. Ich konnte mich Gott sei Dank auch bald mit anderen zwar nur ein bisschen, aber verständlich unterhalten. Doch trotz alledem und diesem schönen und neuen Leben trugen wir alle eine sehr große Sorge im Herzen und die ging nicht weg: nämlich die Sorge um meinen Bruder Khairy und seine Verlobte und um meine vom IS gefangene Schwester Khawla. Täglich hatten wir Kontakt mit meinem Bruder und suchten gemeinsam mit ihm Wege, wie wir unsere Schwester retten könnten. Immer wieder gab es Pläne, die am Ende doch nicht geklappt haben oder wo es nicht so ausgegangen ist, wie wir gedacht hatten. Wir bekamen sehr oft gesagt, dass sie schon tot ist, dass wir keine Hoffnungen mehr haben und sie nicht mehr suchen sollten. Trotzdem gab mein Bruder nicht auf. Wir haben sehr unter dieser Situation gelitten.

Nachricht von Khawla aus dem Irak

Eines Nachmittags bekam meine älteste Schwester wie aus dem Nichts, ohne dass wir gerade über das Thema gesprochen hatten, von Khawla aus dem Irak ein Bild von ihrem Handy zugeschickt, darauf war sie selbst zu sehen! Mein Bruder beschloss alles Menschenmögliche zu unternehmen, um unsere Schwester zu retten, egal wie viel es kosten würde. Er suchte und suchte nach Freunden und anderen Menschen, um jemanden zu finden, der bereit wäre, sie zu retten, denn wir wussten ja nun, wo sie ist.

Tatsächlich fanden wir jemanden, der unsere Erwartungen erfüllen wollte, allerdings kostete es viel Überredung und einen sehr hohen Geldbetrag. Mein Bruder kümmerte sich darum, denn es schien ernst gemeint und nicht wie die anderen Male, als er angeblichen Rettern Geld gegeben hatte und sie sich nicht mehr gemeldet haben. Wir anderen in Deutschland saßen alle wie auf heißen Kohlen und fanden keine Ruhe. Jeder von uns war immer per Handy erreichbar für eine neue Nachricht aus dem Irak. Irgendwann meldete sich der Retter und sagte, dass er Khawla bei sich hat.

Schlaflose Nächte und eine Rettungsaktion

Wir trauten kaum unseren Augen und konnten es fast nicht glauben, als Khawla mit lächelndem Gesicht per facetime anrief und uns die schöne Nachricht von der gelungenen Rettung mitteilte. Erst waren wir wie erstarrt, aber dann fingen alle vor Freude an zu weinen und waren dann schließlich ganz ruhig. Vor Aufregung wurde meiner Schwester Waheeda auf einmal schwindelig, als sie mitbekam, dass Khawla sogar telefoniert hatte und am nächsten Tag von unserem Bruder abgeholt würde.

Sie fiel hin und konnte erst nach einer Stunde wieder richtig sehen und laufen.

Auch diese Nacht verbrachten wir schlaflos, und am nächsten Tag machte sich mein Bruder mit seiner Verlobten und seinem Cousin auf den Weg zu Khawla. Khairy erzählte ihr, dass wir anderen alle in Deutschland sind und er wegen ihr im Irak geblieben ist. Doch das Allerschwierigste war, ihr zu sagen, dass Vater nicht mehr lebt.

Mein Bruder wusste von den vorherigen Rettungen, was jetzt zu tun war. Er kümmerte sich um Pässe und alles weitere. Gott sei Dank ging es bei ihr viel schneller als bei uns anderen, sie musste nur einen Monat im Irak in Containern verbringen und durfte dann nach Deutschland. Wie auch wir zuvor, hatte sie die Chance, über das Sonderkontingent, das Ministerpräsident Kretschmann von Baden-Württemberg für verfolge Jesidinnen initiiert hatte, direkt nach Stuttgart zu kommen. Wir freuten uns alle riesig darauf, sie ganz bald wieder zu sehen.

Ein Freudentag: Khawla ist bei uns

Irgendwann war es soweit und für uns alle ging ein Traum in Erfüllung, den wir für unmöglich gehalten hatten. Wir hatten uns vor ihrer Ankunft darauf vorbereitet, ihr eine Überraschung zu machen, nämlich mit ihr gleich am nächsten Tag in einen Park zu gehen und alle zusammen ein großes Familientreffen zu veranstalten, gemeinsam zu essen und so weiter. Leider klappte das nicht, weil wir uns nicht so gut auskannten und wegen einer Umleitung der Deutschen Bahn nicht wussten, wie man in den Park kommt.

Aber wir ließen uns unseren Freudentag davon nicht ruinieren, sondern sagten all unseren jesidischen Nachbarn, dass sie zu uns kommen sollen. So haben wir dann alle in einem großen Zimmer der Unterkunft zusammen gegessen und miteinander Spaß gehabt. Es war ein sehr schönes Gefühl, Khawla bei uns zu haben und endlich wieder eine fast komplette Familie zu sein. Wir verbrachten eine schöne Zeit miteinander, mussten aber wenige Tage nachdem unsere Schwester gekommen war, leider in eine andere Unterkunft umziehen. Das hatten wir eine Woche vorher von der Sozialarbeiterin erfahren, als sie uns Mülltüten und Kartons für unsere Sachen brachte.

Ein neues Zuhause

Es war alles wieder ganz neu für uns: viel größere Zimmer, schöne neue Bette und saubere Flure. In der neuen Unterkunft wohnten vorwiegend Frauen, Mütter mit ihren Kindern, die ihre Männer im Krieg verloren hatten. Alles war neu im Haus, und wir fühlten uns dort wohl. Es lebten nur wir Jesiden hier, was für uns irgendwie besser war, denn so fühlten wir uns wie eine große Familie. Obwohl wir uns mit den verschiedensten Nationalitäten inzwischen super verstanden haben, sogar starke und enge Beziehungen mit einigen hatten.

Uns wurden Zimmer in verschiedenen Stockwerken zugeteilt. Im zweiten Stock bekamen Mutter, meine sechs Geschwister und ich zwei Zimmer, die aber nicht nebeneinander lagen, und noch eine ganz kleine Abstellkammer, wo wir unsere Restsachen verstauten. Wir waren zufrieden, wie die meisten anderen auch.

Im ersten Stock waren die Sozialarbeiter, die für uns da waren und uns alles besorgt haben, was wir brauchten. Sie kümmerten sich auch um andere Dinge, wie zum Beispiel um unsere Briefe, Termine und Ähnliches. Nach einigen Tagen merkten wir, wie schön doch die Gegend um uns herum war und freuten uns darüber. Vor allem, als wir die arabischen und türkischen Läden entdeckt hatten, in denen es die Lebensmittel gab, die wir in der Heimat gekannt hatten, und die es in den anderen Supermärkten wie Aldi, Kaufland oder Lidl nicht gab.

Ein Erfolg – ich wechsle in die Realschule

Wir unternahmen Vieles und trafen uns mit anderen Bewohnern in unserer Freizeit, um traditionelle und andere Spiele miteinander zu spielen, sogar die etwas Älteren machten mit. Zwei Drittel der Gebäude waren noch leer, hier sollten noch weitere jesidische Familien untergebracht werden. Es kam dann eine Gruppe von einigen Familien, die mehr oder weniger das gleiche erlebt hatten wie wir. Viele alleinerziehende Mütter also, die ihre Männer verloren hatten. Am ersten Tag kochten Mutter, meine Schwestern und andere Frauen für all die Familien, die neu gekommen waren und zeigten ihnen die Zimmer, die für sie vorgesehen waren.

Kurze Zeit später hatte ich dann schon meinen ersten Erfolg, nämlich den, dass ich zu einigen Schülern gehörte, die gut genug waren, um in die Realschule zu wechseln. Ich freute mich riesig und hatte zugleich auch Angst, dort nicht so gut wie die anderen zu sein. Denn ich wusste, dass die meisten von ihnen in Deutschland geboren bzw. Deutsche waren. Ich ging sogar Tage vor dem Schulanfang hin und schaute mir die Realschule an und zwar alleine.

Jedes Mal, wenn ich die Schule anschaute, zitterte ich vor Freude. Dann kam der Anmeldetag, Mutter und ich und ein anderer jesidischer Junge mit seiner Mutter gingen zusammen zur neuen Schule. Schon wenige Tage später war unser erster Schultag. Dieses Mal gingen wir natürlich alleine hin, denn wir wussten ja, wo es ist.

Mein erster Schultag in der Realschule

Um sieben Uhr war ich schon wach und machte mich schnell fertig. Auf dem Flur traf ich einen anderen Jungen, der ebenfalls in die Schule wollte. Er war genauso aufgeregt wie ich, und voller Erwartung machten wir beide uns auf den Weg. Zu Fuß waren wir schon nach zwanzig Minuten dort und sogar eine Viertelstunde vor Schulbeginn. Die Lehrerin holte uns im Sekretariat ab und nahm uns mit in ihre Klasse, die im ersten Stockwerk lag.

Als wir die Klasse betraten, sah ich mehr als zwanzig Schüler, es war laut, und alle Schüler waren nicht da, wo sie sein sollten, weshalb sie schnell zu ihren Plätzen rannten. Wir stellten uns vor die Tafel und ich sah nur lachende Gesichter. Die Lehrerin sprach zuerst ein bisschen über mich und den anderen Jungen, und anschließend musste ich mich mit Namen, Alter und Nationalität vorstellen. Dann machten sie für uns in der letzten Reihe zwei Plätze frei.

In der ersten Stunde gab es ein bisschen Orga, womit die Lehrerin und die Schüler Organisatorisches meinten. Dann war die erste Pause und zwei der Schülerinnen wollten uns die Schule zeigen, wo was ist, was für mich eine sehr große Hilfe war. Wir wurden von den Schülern öfters richtig angestarrt, denn sie merkten, dass wir neu sind, was für mich unangenehm war. Dann ging der Schultag für die anderen ganz normal weiter.

Immer wieder kamen neue Lehrer rein, begrüßten mich, und ich musste mich wieder vorstellen. Immer wieder war ich überfordert. Wenn die Lehrer und Lehrerinnen über ein Thema gesprochen haben, verstand ich nichts. Es war alles komplett neu für mich. Und ich bekam, genau so wie alle anderen auch, dieselben Arbeitsblätter, nur ich konnte nichts ausfüllen, denn ich hatte keine Ahnung. Niedergeschlagen ging ich nach Hause und musste mich sofort hinlegen und nachdenken, ob ich überhaupt gut genug bin. Auch wegen dem Problem, dass ich in einer Unterkunft wohnte, wo es ständig laut war und ich mit meinen beiden Geschwistern und Mutter ein kleines Zimmer teilen musste. Ich hatte kein eigenes Zimmer wie die anderen Schüler. Diese Gedanken quälten mich, aber ich ließ es mir nicht anmerken.

Mein Name ist „Farhad“ und nicht „Fahrrad“

Nach der ersten Woche kannte ich mich und auch der andere Junge aus unserer Unterkunft mit der Schule aus, und wir lernten unsere Mitschüler ein bisschen näher kennen. Am Anfang wurde ich ein wenig wegen meinem Namen ausgelacht, weil er in Deutschland ungefähr wie „Fahrrad“ geschrieben und ausgesprochen wird. Einige Zeit hatte ich damit zu kämpfen, allerdings lernten es die Schüler dann, ihn richtig auszusprechen. Und die, die es absichtlich anders sagten, hörten auch nach einer Weile damit auf. Was aber gleich blieb, waren meine Verzweiflung und Nervosität, wenn ich eine Aufgabe bekam.

In der ersten Woche schrieben die Schüler sogar eine Klassenarbeit, wo ich nicht mehr als meinen Name drauf geschrieben habe, denn ich konnte nichts, obwohl der Lehrer gesagt hat, dass ich mein Bestes geben und wenigstens eine Seite ausfüllen soll. Doch ich und der andere jesidische Junge hatten das

Glück, weil wir erst einen Monat vor Jahresende gekommen waren. So wurde uns gesagt, dass unser Verhalten und unsere Leistungen erst ab der siebten Klasse benotet würden, was mich nicht freute, sondern ängstlich machte.

Denn ich war stark verunsichert, weil ein Schüler einige Male gesagt hat, dass er mir nicht helfen will und ich lernen muss, alles selber zu wissen und zu machen. Hinzu kam, dass wir erst ab dem nächsten Schuljahr eine neue Sitzordnung bekommen sollten, was der Grund war, weshalb ich jeden zweiten Tag woanders sitzen musste und immer neben jemand anderem.

Brandfälle und ein Anruf aus dem Irak

Und wieder kam eine Gruppe von jesidischen Familien zu uns in die Unterkunft, denn es waren noch einige Zimmer frei. Es änderte sich nicht viel, nur dass es lauter wurde, was viele Schüler daran hinderte, in Ruhe zu lernen. Niemand konnte etwas dafür, denn es waren einfach zu viele Menschen im Haus und darunter sehr viele Kinder.

Oft wurden wir wegen unserem Verhalten auch ausgelacht und kritisiert, meistens, weil es öfter Brandfälle in den Küchen gab. Auf jedem Stockwerk gab es nur eine Küche für alle Familien, die auf dieser Etage untergebracht waren. Der Grund für die Brände war, dass sich viele Menschen mit den elektrischen Herden nicht auskannten, in ihrer Heimat funktionierten Herde anders. Und andere, die sich überhaupt keinen Herd leisten konnten, kochten dort auf einem Holzfeuer. Kurze Zeit nach unserer Ankunft erhielten wir einen Anruf von unseren Verwandten im Irak, die uns darüber informierten, dass Bruder Khairy und seine Verlobte und sehr viele andere von unseren Verwandten versuchen, übers Meer nach Deutschland zu kommen.

Bangen um Khairy und ein Wiedersehen

Khairy hatte uns absichtlich nichts davon gesagt hat, denn er wusste, dass wir wissen, was das bedeutet: Ertrinken, Hungern, Verdursten, durch unzählige fremde Länder ohne einen Pfennig Geld fliehen – und immer die Angst, geschnappt zu werden. Niemand wusste, ob sie überhaupt hier ankommen würden und Asyl bekämen.

Jeden Tag versuchten wir, sie rund um die Uhr auf dem Handy zu erreichen, gingen sie nicht ran, wussten wir, dass sie irgendwo auf dem Meer waren. Wir hatten entsetzliche Angst um sie und machten uns große Sorgen. Wir aßen nichts und kamen den ganzen Tag nicht zur Ruhe.

Doch irgendwann kamen sie in einer Stadt in Griechenland an und konnten uns anrufen. Sie sagten: „Wir sind in Sicherheit, macht euch keine Sorgen um uns, denn wir wissen, dass wir es schaffen werden." Erleichtert erfuhren wir auch die ganze Geschichte, wie und warum sie sich auf diesen gefährlichen Weg gemacht hatten und was sie bis dahin schon alles auf ihrer Flucht erlebt hatten.

Wir telefonierten täglich mit ihnen, bis sie schließlich wohlbehalten hier in Deutschland in einer Stadt landeten, wo sie in einer Halle untergebracht wurden und mit vielen anderen leben mussten. Sie mussten selber etwas zum Essen und Trinken besorgen, hatten kein Geld und konnten kein einziges Wort Deutsch und auch kein Englisch sprechen. Sie verbrachten einige harte Tage dort und entschieden sich dann nach Stuttgart zu kommen, denn sie wussten, dass sie hier bei uns ein schöneres Leben haben würden. Doch dann war es ganz anders.

Von Unterkunft zu Unterkunft

Als mein Bruder, seine Verlobte und die anderen meiner Verwandten hier waren, besuchten wir sie, und nach einiger Zeit merkten wir, dass alles schwieriger war als gedacht. Denn sie mussten so oft umziehen, dass sie eine lange Zeit nichts anderes als zwei Koffer mit ihrer Kleidung hatten. Sie mussten immer wieder von einer in die andere Unterkunft ziehen oder auch in Container. Der Grund dafür war, dass die Unterkünfte oft baufällig waren und abgerissen werden sollten und in den Containern zu wenig Platz war.

Immer wieder musste ich trotz der Schule und den vielen Hausaufgaben schnell zum Übersetzen hingehen und bei jedem einzelnen Umzug helfen. Zu uns ins Heim durften sie nur zu bestimmten Zeiten und übernachten auf keinen Fall, so waren die Bestimmungen des Sozialamts. Wir haben das alles trotzdem hingekriegt.

Eine Klassenfahrt und ein Einser-Schnitt

Am Ende der siebten Klasse hatten wir dann die Möglichkeit eine Klassenfahrt nach Österreich zu machen, wo ich unglaublich viele Erfahrungen sammeln konnte und viele neue Dinge entdeckte, und ich sah wie schön die Welt wirklich ist. So verging die Zeit, und ich kam in die achte Klasse, wo ich gar nicht mehr von jemandem abschreiben musste, sondern ganz allein auf mich gestellt, alles selbst gemacht habe. Und ich bestand die Klasse mit einem Einser-Schnitt, als Belohnung bekam ich einen Preis, einen Buchgutschein in Höhe von 15 Euro.

Und dann kam endlich der Tag, an dem wir aus der Unterkunft ausziehen konnten, das Amt hatte für uns eine Wohnung gefunden. Allerdings gab es ein großes Problem, denn nett und höflich war der Nachbar nicht, und wir waren doch eigentlich dort, um mehr Freiheit zu haben, z.B. ohne Security vor der Tür. Aber unser Nachbar störte sich an jedem und an allem. Wir durften nicht einmal im Zimmer rumlaufen, er sagte, dass er unsere Schritte hört, wofür wir mit sieben Personen in einer Wohnung nichts konnten.

In unserer Kultur treffen sich Verwandte öfters und bleiben auch über Nacht. Wenn Verwandte, die weit weg wohnen und nach einer Hochzeit oder einem Fest zum Schlafen bleiben, ist das ganz normal. Wegen unserem Nachbarn durften wir das aber nicht. Trotzdem brachten wir ihm sehr oft Essen, denn Mutter dachte immer, dass er als Mann alleine wohnt und nach der Arbeit zu kaputt ist, um zu kochen. Es war eine harte Zeit, doch wir gaben unser Bestes und bemühten uns, alle Erwartungen zu erfüllen, denn wir wollten nicht zurück ins Heim.

Meine Welt ändert sich – und ich auch

Damals ging ich immer direkt nach der Schule in mein Zimmer und entdeckte die Worte „Erfolg“, „Träume“, „Ziel“, „Persönlichkeitsentwicklung“. Ich fing an, Bücher zu lesen, Podcast zu hören und Videos anzuschauen, die sich mit diesen Themen beschäftigen. Ich setzte mir vor allem neue Ziele in der Schule, denn Lernen war für mich zu der Zeit die einzig wichtige Sache. Ich lernte täglich stundenlang und ging nicht mehr raus.

Ich begann, einen neuen Menschen aus mir zu machen und mich zu ändern, damit sich meine Welt auch ändert. Ich musste auch endlich die Vergangenheit hinter mir lassen und ein neues Leben anfangen, was mir unglaublich schwer fiel.

Meine Freunde und andere Bekannte fanden mich komisch, weil ich auf einmal nicht mehr raus gehen wollte und lieber zuhause blieb.

In der Schule lief es sehr gut. Wir unternahmen einige Klassenfahrten, und ich machte schöne und schreckliche Erfahrungen. Eine Klassenfahrt ging nach Polen, dort besuchten wir ein Konzentrationslager, und wir erfuhren, was die Nazis mit den Juden gemacht haben, dass sie Millionen Menschen aus ganz Europa umgebracht haben und das ganze Volk vernichten wollten. Das war ein Schock für mich.

Eine Reise nach London und ein Wasserschaden

Am Ende der neunten Klasse durften wir als Klasse sogar nach London, wo ich bei einer Gastfamilie lebte und auch die meisten Erfahrungen sammeln konnte. Die Klasse bestand ich genau so mit super viel harte Arbeit, und als einer der besten Schüler des Jahrgangs erhielt ich wieder einen Buchgutschein im Wert von 15 Euro.

Irgendwann hatten wir in der Wohnung einen Wasserschaden und mussten noch am selben Abend unsere Sachen packen, nur das Nötigste – Kleidung, die wir brauchten, Dokumente und Schultaschen – weil die Reparatur nur eine Woche dauern sollte. Wir wurden in dieselbe Unterkunft gebracht, wo wir am Anfang waren und bekamen zwei Zimmern im selben Stock. Es waren nur Schränke und Betten darin.

Wir waren geschockt und verzweifelt, weil es so plötzlich kam, und wir dachten, es wäre ein Plan, um uns raus zuschmeißen. Laut dem Hausbesitzer sollte es eine Woche dauern, allerdings wurden es sechs Wochen, und uns fehlten unsere Sachen. Wir brauchten immer wieder etwas, was in der Wohnung war, das wir aber nicht holen durften. Und das ging fast zwei Monate lang so.

Schließlich durften wir wieder in die Wohnung zurück. Allerdings nur für einen weiteren Monat, dann mussten wir endgültig ausziehen, weil der Nachbar sich beim Sozialamt beschwerte, wir seien zu laut, was eine klare Sache war, wenn wir zu acht in der Wohnung sind. Trotz all dem hörte ich nicht auf, stundenlang am Tag zu lernen und mich in jeder Hinsicht weiterzubilden. Ich schaffte auch meine neunte Klasse als einer der besten Schüler und ging dann in die zehnte. Ich war meinem Traum näher gekommen.

Endlich ein Zuhause zum Wohlfühlen

Zum Glück hatte das Sozialamt eine andere Wohnung für uns gefunden, die eigentlich davor eine Schule gewesen war. Leider war sie von meiner Schule sehr weit entfernt und ebenso von allen anderen Orten, die wir seit unserer Ankunft in Stuttgart kennengelernt hatten.. Das war nicht schön und auch schwierig für uns. Aber wir gewöhnten uns sehr schnell an die Umgebung und die Nachbarn. Klar gab es anfangs Missverständnisse, denn im Irak war alles ganz anders gewesen. Aber man lernt alles.

Meine zweitjüngste Schwester Waheeda lebt mittlerweile bei ihrem Mann in einer Wohnung in der Nähe der Schweiz. Und Khalida, also die Drittjüngste, ist auch glücklich verheiratet. Ich habe die erste harte Prüfungsphase hinter mir und als Abschlussfeier eine wunderschöne Reise mit der ganzen Klasse nach Italien gemacht. Das Beste aber: Ich habe meinen Realschulabschluss in der Hand, und zwar als Schulbester – mit einem Schnitt von 1,3.

Die Bibliothek – mein zweites Zuhause

Es hat sich also gelohnt, nach der Schule nicht sofort nach Hause zu gehen – außer es stand ein Termin mit Verwandten oder meiner Familie im Kalender – sondern direkt in die Bibliothek. Ich nahm gerne in Kauf, dass ich dafür ausgelacht wurde. Manche verspotteten mich sogar. Die Bibliothek war für mich ein zweites Zuhause geworden, ich blieb täglich bis zur letzten Minute und lernte, weil ich es aufgrund der Lautstärke zuhause nicht tun konnte.

Mein Traum war wahr geworden, und ich war sehr stolz auf mich, dies geschafft zu haben, denn ich habe mir immer wieder vorgestellt, wie es wäre, vor allen anderen aufgerufen zu werden und zu hören, dass ich den besten Schnitt erreicht habe. Und genau so ist es gekommen. Jedoch aufgrund von Corona ohne irgendeine Feier, die jede andere Klasse in den Jahren zuvor gehabt hatte. Aber das war uns egal, wir haben einfach selber eine Feier gemacht.

Ich gehe ins technische Gymnasium

Noch während der Schulzeit habe ich drei Praktika absolviert, aber keines davon hat mich glücklich gemacht, bzw. es war nicht das, was ich später machen wollte. Deshalb beschloss ich nach vielen Gesprächen mit meinen Lehrern, die mich bestärkten und mir Mut machten, weiter zur Schule zu gehen. Trotz meiner Verzweiflung und Angst, nicht gut genug zu sein. Ich zitterte vor Aufregung als ich meine Anmeldung zum Gymnasium in der Hand hatte und sie in die Schule brachte. Meine Familie war stolz auf mich, und ich war sehr froh darüber. Ich wusste jetzt, es ist nur mein Kopf, der mir einredet, nicht gut genug zu sein.

Mittlerweile haben wir eine herzliche und enge Beziehung zu unseren neuen, etwas älteren Nachbarn. Wir sitzen oft zusammen und essen miteinander, und wir nennen beide sogar Oma und Opa, denn wir hatten nie das Gefühl, welche zu haben oder gehabt zu haben. Väterlicherseits sind sie früh gestorben und mütterlicherseits lebt nur Oma, die wir sehr selten sehen.

Wir sind angekommen und ich habe Freunde

Ich habe auf einmal die Jungs als Freunde, die mich am Anfang nicht einmal angeschaut oder „Hallo" gesagt haben, plötzlich kommt jeder zu mir. Und in diesen Momenten realisiere ich, dass sich das tägliche und intensive Lernen in der Bibliothek gelohnt hat.

Mein Bruder Khairy, der erst später geflüchtet ist und übers Meer zu uns nach Stuttgart kam, hat mittlerweile schon eine Tochter und ist nach Köln gezogen, weil es hier sehr schwer war, eine Arbeitsstelle zu finden und vor allem eine Wohnung. In meiner Familie sind fast alle berufstätig oder gehen in Deutschkurse, um die Sprache besser zu verstehen. Und ich will mein technisches Abitur machen und später studieren. Es hat gut angefangen, und ich finde, ich bin gut genug dafür und ich wünsche mir, einen der besten Abschlüsse zu machen.

Hier ist unsere Zukunft

Mittlerweile bin ich auch auf den sozialen Medien aktiv und traue mich da, den Menschen zu zeigen, wer ich bin. Vor allem möchte ich mit meiner Geschichte Jugendlichen Mut machen und sagen, dass sie wirklich alles schaffen können.

Wenn einer wie ich es schafft, der in Deutschland bei null anfangen musste, der kein Deutsch und kein Englisch und nicht einmal die Buchstaben schreiben konnte, nach fünf Jahren einen der besten Realschulabschlüsse machen kann, dann können sie es auch packen. Ich will sagen: „Egal, was passiert, regt euch nicht über Kleinigkeiten auf, seid dankbar für alles und schätzt, was ihr habt.“

Jetzt lebe ich mit Mutter, meinem ein Jahr älteren Bruder, meiner jüngsten Schwester und den beiden ältesten Schwestern gesund und sicher in unserer Wohnung neben den netten Nachbarn. Endlich können wir ganz normal leben.

Wir sind dankbar für jeden und für alles, und es ist selbstverständlich, dass wir uns engagieren und Deutschland etwas zurückgeben. Kein anderes Land wäre besser als Deutschland. Klar denken wir an unser Zuhause und unsere Heimat im Irak, und die Erinnerungen werden immer wieder wach. Aber wir dürfen uns von der Vergangenheit nicht abhängig machen und müssen alle ein neues Kapitel, ein neues Leben anfangen, denn hier ist unsere Zukunft.

– ENDE –

Meine Familie
und ihre Geschichten

Zaytuns Geschichte

Als der IS unser Dorf überfiel wurden wir von unserer Familie getrennt und die IS-Männer quetschten uns alle in ihre Autos. Sie brachten uns in einem Nachbardorf in eine Halle, vor der unglaublich viele Leichen lagen. Drinnen waren viele weitere gefangene Frauen und Kinder, die wir nicht kannten. Den ganzen Tag über transportierten sie uns immer wieder woanders hin, weil die Orte gleich bombardiert würden. Abends mussten wir in Busse steigen, und sie brachten uns nach Mosul in eine Hochzeitshalle, die bei 45 Grad voll mit Gefangene war. Es gab dort nichts, worauf wir uns hätten hinlegen können, auch nichts zu essen oder zu trinken, nur Frauen und Kinder, die weinten und schrien. Zwölf Tage lang befanden wir uns alle mit den hunderten von Fremden in dieser Halle. Wir saßen und lagen auf dem Boden, wurden gezwungen, stundenlang laute Lieder aus der Religion der Entführer zu hören. Einmal am Tag bekamen wir höchstens eine kleine Mahlzeit und ein kleines Getränk, in dem irgendetwas drin war, das uns alle zum Schlafen brachte. Dann wurden wir wieder an einen anderen Ort verschleppt, weil immer wieder die Orte, in denen wir uns befanden, bombardiert wurden, bis wir irgendwann in eine Halle kamen, in der wir von all den Tausenden getrennt wurden. Frauen mit Kindern wurden irgendwohin gebracht. Junge Frauen wurden an Männer aus anderen Städten verkauft.

Bis zu dem Zeitpunkt, in dem ich noch mit hunderten Frauen und Kindern zusammen in der Halle in Mosul untergebracht war, waren meine anderen Schwestern und Cousinen bei mir, doch dann wurde ich, wie Khalida und Waheeda, von ihnen getrennt. Ich wurde in die Stadt Baaj gebracht, wo ich wieder mit vielen anderen Gefangenen eine Woche verbringen musste, meist ohne Essen und mit sehr wenig Trinken.

Dort wurde ich von einem zum anderen Mann für Dinars verkauft oder für Gegenstände eingetauscht. Von dort bin ich zusammen mit 28 Frauen nach Tul Qasab gebracht worden, wo ich ebenso viel Schlimmeres erleben musste, wie in der vorigen Stadt. Zum Beispiel wurden meine Füße und Hände gebunden, und sie schmissen mich aus dem zweiten Stock der Wohnung runter.

Jeden Abend wurde ich geschlagen, vor allem, wenn ich ihre Gebete nicht sprechen oder befolgen wollte oder wenn ich mich um die kleinen Mädchen zwischen sechs und 14 Jahren kümmerte, sie beschützte und nicht zuließ, dass die Männer mit ihnen schlafen und Geschlechtsverkehr mit ihnen haben wollten. Ich musste immer wieder zusehen, wie andere getötet oder aufgehängt wurden, und sie versuchten auch, mich umzubringen.

Eine weitere Woche verbrachte ich in einer anderen Stadt mit fünf kleinen Mädchen. Da fand ich zum Glück ein Handy der vorherigen Besitzer und hatte so die Möglichkeit, meinen Bruder anzurufen. Ich erzählte ihm, wo ich war und mit wem zusammen. Schnell teilte mein Cousin einem seiner Freunde in dieser Stadt meine Lage mit, er sollte mich auch für einen großen Betrag retten. Am nächsten Tag schon war es soweit: Glücklicherweise mussten unse re Bewacher in den Krieg und hatten niemand zum Aufpassen. Der Retter nahm mich für einige Tage bei sich zu Hause auf, und als sich die kleinste Möglichkeit ergab, brachte er mich dann ins Sindschar-Gebirge. Ich versteckte mich dort am Rand des Gebirges, bis es Nacht wurde, und lief dann zwei Tage lang ohne Essen und Trinken durch die Berge, bis ich yesidische Streitkräfte erreichte. Jetzt konnte ich Familienmitglieder anrufen und ihnen sagen, dass ich in Sicherheit sei.

Khalidas und Waheedas Geschichte

Meine Schwester Waheeda und ich wurden mit 18 anderen Mädchen im Alter von sieben bis 19 Jahren für 1700 Dinar an einen Mann aus Mosul verkauft. Dort waren 20 alte Männer, die unsere Namen aufschrieben und verlost haben, wer wen von uns bekommt. Sofort nahmen 15 Männer 15 Mädchen mit und „heirateten" sie. Der Mann, der mich bekommen hatte, verkaufte mich für einen Laptop an einen anderen weiter, der gottseidank im selben Haus wohnte wie der „Mann" meiner 15jährigen Schwester Waheeda. Das Haus, in dem wir festgehalten wurden, hatte vorher Menschen gehört hatte, die umgebracht, gefangen oder aus der Stadt vertrieben worden waren.

Wir hatten dann das Glück, dass wir aus dem von 20 Mann überwachten Haus ausziehen konnten, in dem wir fast verhungert und verdurstet wären. In der neuen Wohnung änderte sich an Hunger und Durst nichts, doch das Wichtige war, dass ich mit meiner Schwester zusammen sein konnte. Auch drei andere Mädchen waren in diesem Haus.

Manchmal wurden wir für mehrere Tage verlassen, und niemand klopfte bei uns. Den ganzen Tag lang hörten wir nur Bomben und Schüsse. Wir fanden aber ein Handy vom vorherigen Besitzer und riefen damit unsere Familienangehörigen an und erzählten ihnen alles: wo, mit wem und wie wir lebten.

Am selben Tag fanden wir auch die Extra-Schlüssel für die Eingangstür. In der Zeit, in der unser Bewacher schlief, zogen wir uns arabische Kleidung an und schlichen uns in der Dunkelheit aus dem Haus. Wir trafen uns in der nächsten Straße mit einem Fahrer, den mein Cousin geschickt hatte, um uns zu retten, wofür er einen sehr großen Lohn von unserer Familie erhalten hatte. Er gab uns die Ausweise seiner eigenen Kinder, sodass wir „zu ihm" gehörten, und brachte uns trotz sehr vieler Risiken in Sicherheit.

Khawlas Geschichte

Bis zu dem Zeitpunkt, als alle in Mosul in den Hochzeitshallen gefangen waren, war ich bei meinen Schwestern und Cousinen und allen anderen in der Halle. Doch dann wurden wir voneinander getrennt und an verschiedene Männer verkauft, die uns alle mit sich in verschiedene Städte und Länder mitnahmen. Ich und 24 andere wurden in einer Stadt Syriens namens Schadadi verkauft. Sie haben uns gezwungen, unsere richtigen Namen zu sagen, die sie dann verlost und einzeln gezogen haben – wer wen von uns bekommt.

Jede, die nicht mitgehen und ihren Namen nicht sagen wollte, wurde geschlagen und vergewaltigt. Auch ich – weil ich die Kleine nicht verlassen und meinen Namen nicht verraten wollte – wurde stundenlang mit einem dicken Knüppel geschlagen, wie die meisten anderen Mädchen dort.

Es waren schon sechs Tage vergangen und der Mann, der meinen Namen gezogen hatte, war immer noch nicht da. Zu der Zeit war ich mit meiner kleinen Cousine und vielen anderen zusammen. Wir waren tagelang ohne Essen und ohne frische Luft, sodass wir alle ohnmächtig wurden. Ich habe mich dann entschlossen, Selbstmord zu begehen. Wir haben uns alle nass gemacht und die Stromkabel und Steckdosen angefasst, damit wir so sterben würden, aber es gelang uns nicht.
Am siebten Tag kam dann „mein Mann" und nahm mich mit zu seiner Familie, die in einem Haus lebte, mit denen

ich auch leben sollte. Er brachte mich zu einer Familie, die herausfinden sollte, ob ich wirklich kein Arabisch verstehen und darum keinen Koran lesen kann, so wie ich es dem Mann erzählt hatte, der mich gekauft hatte. Seine Frau sagte, ich solle ihr vertrauen. Ich tat es und erzählte die Wahrheit. Am nächsten Tag hat sie mich verraten und dem Mann die ganze Wahrheit von mir erzählt. Danach brachte er mich zur Strafe von dort weg und an einen anderen Ort.

Es war ein großes, leeres Haus, das auf den ersten Blick so aussah, als wäre es seit Jahren nicht bewohnt gewesen. Sie gaben mir einen Besen und eine kleine Schubkarre, und ich musste das vollkommen verdreckte Haus putzen, denn es würde „mir gehören". Im Haus befanden sich Eidechsen und kleine Schlangen, und es gab kein Licht. Er verschloss die Tür und ich blieb in dem dunklen Haus ganz allein mit den vielen Tieren. Voller Angst legte ich mich auf den harten Boden zum Schlafen und nahm meine Schlappen als Kissen.

Gegen 23 Uhr kam er zurück und fing sofort an, mich zu schlagen. Er misshandelte mich stundenlang mit seinem Schlagstock, seinen Schuhen und seiner Waffe und zog mich brutal an den Haaren. Einmal versuchte ich, in ein anderes Zimmer zu rennen, wo er mich kriegte und noch härter schlug, so hart, dass ich ohnmächtig wurde und umfiel und bis zum nächsten Morgen bewusstlos war. Dann kam er und befahl mir, das Haus nicht zu verlassen. Er ließ sein Handy mit Suren und Audios im Zimmer und ging. Sofort nahm ich meine ganze Kraft und meinen Mut zusammen und brach die Tür auf, lief in den zweiten Stock und sprang runter und fiel unten auf die harten Steine. Ich wurde wieder ohnmächtig.

Als ich zu mir kam, sah ich, dass ich neben einem zweistöckigen Haus lag. Planlos lief ich den ganzen Tag, also 24 Stunden lang, in Syrien herum, wo ich mich nicht auskannte und noch nie im Leben gewesen war. Es war heiß und ich hatte riesigen Hunger und Durst.

Ich ging dann zu einer Familie und bat um einen Schluck Wasser. Damit ich trinken konnte, zog ich das schwarze Tuch von meinem Gesicht, und da sahen sie, wie blutig es war und voller blauer und schwarzer Flecken. Sie waren entsetzt und wollten wissen, was mir passiert war.

Sie halfen mir und waren für mich da, aber sie hatten leider auch Angst, mich für längere Zeit aufzunehmen, also durfte ich nicht bei ihnen bleiben, denn sie wären auch umgebracht worden, wenn jemand es bemerkt hätte. Dann wollten sie mich unter der Bedingung aufnehmen, dass ich fünfmal Mal am Tag bete, Koren höre und mache, was auch immer sie mir sagen würden. Ich blieb 14 Tage dort.

Mir wurde geholfen, meinen Bruder anzurufen und ich nahm Kontakt zu einem Retter auf. Fast wäre ich in Sicherheit gewesen, da stellte sich heraus, dass der Sohn der Familie auch ein IS-Mitglied war, was die Familie selbst nicht gewusst hatte. Er verriet mich bei den IS-Leuten und der Sheix sollte entscheiden, was die IS jetzt mit mir machen sollten. Ich wurde für zwei Tage ins Gefängnis gesteckt und sah die Familie nie wieder.

Ich wurde dann zu einer anderen syrischen Familie gebracht, bei der ich sechs Monate lang blieb und die eigentlich ganz nett war und mich gut aufgenommen hat. Dann brachte mich ein IS-Mitglied zu seiner Familie, die mich sehr schlecht behandelte. Ich war ihre Dienerin und musste alles für sie machen. Trotzdem bekam ich von den Frauen Schläge, sie begegneten mir mit Hass und beleidigten mich. Es war so hart, dass ich wieder versucht habe, Selbstmord zu begehen. Ich habe ein Kabel so fest um meinen Hals gebunden, sodass ich nicht mehr atmen konnte und gedacht habe, das war es mit mir. Doch genau in letzter Minute kam der Mann rein und sah mich, er schlug mich brutal mit all seiner Kraft, weil ich versucht hatte, mich umzubringen. Sie steckten mich in ein anderes Zimmer, das komplett leer war, damit ich nicht wieder so etwas machen konnte.

Das einzige, was ich tagsüber bekam, war eine Flasche mit dreckigem Wasser, die durch ein kleines Fenster ins Zimmer geworfen wurde. Nach einer Woche brachten sie mich zu ihrem Sheix und dann in ein Haus, wo sich sieben andere Mädchen und drei Frauen befanden, die auch Jesidinnen waren. Vier Monate lebten wir alle zusammen dort. Tag für Tag wurde der Ort bombardiert und beschossen, und wir wussten nicht, wann wir getroffen würden.

Dann kam Ramadan, der die IS Kämpfer so sehr beschäftigte, dass sie tagelang nicht nach uns geschaut haben. Wir nutzten die Gelegenheit und liefen zu einer Telefonzelle, ein Mann gab uns ein Telefon, mit dem wir dann den Retter anrufen konnten, der das Mädchen kannte, das bei mir war. Er sagte uns die genaue Uhrzeit und den Ort, wann und wo wir sein sollten. Doch genau an dem Tag hatten die Kämpfer im Haus ein Treffen, weshalb wir nicht raus konnten und der Retter vergeblich auf uns wartete. Weil die IS während ihrer Gebetszeit nicht das Haus verlassen durften, haben wir solange gewartet und sind dann aus dem Haus gegangen. Der Retter nahm uns alle mit und brachte uns für fünf Tage in die Stadt Baaj. Ein anderer Retter kam dann mit dem Geld, das mein Bruder und die Männer der anderen Frauen, ihm gegeben hatten und übergab es unserem Retter. Der nahm uns dann alle mit nach Qamischlo. Wir waren einen Schritt weiter und näher am Ziel. Von Qamischlo aus nahm uns dann ein jesidischer Retter in ein Zelt mit, wo wir einen Tag blieben. Am nächsten Tag wurden wir schließlich nach Kurdistan gebracht, und von dort holte mich mein Bruder ab.

Es traf mich im Herzen, von meiner ganzen Familie nur meinen Bruder zu sehen. Ich fragte nach allen, und er sagte, alle seien noch da. Es war der beste und auch der schlimmste Tag in meinem Leben. Ich glaubte ihm, dass alle noch leben, doch als ich bei ihm in dem Container ankam, sah ich niemanden und dachte sie leben alle nicht mehr. Erst als ich mit ihnen tele- fonieren durfte, wusste ich, dass sie alle gerettet waren – bis auf Vater. Denn am selben Tag und zur selben Stunde bekam ich gesagt, dass Vater nicht mehr lebt. Das war so hart für mich, dass es mich all den anderen Schmerz und das ganze schlimme Jahr vergessen ließ.

Khairys Geschichte

Ich habe in Erbil im Irak gearbeitet und bin fast immer am Ende des Monats nach Hause gefahren, um meiner Familie das Geld zu geben, was ich verdiente. Auch an dem Tag, an dem das Schreckliche passierte, war ich zum Glück auf der Arbeit in Erbil und nicht zuhause, sonst wäre ich höchstwahrscheinlich getötet worden. Ich bekam um 3 Uhr morgens, in der Zeit als das Ganze passierte, einen Anruf von Vater, der mir berichtete, was los war. Dann hörte ich nichts mehr von der Familie, bis meine Cousine anrief, und während dieses Anrufs hörten wir auf einmal Geschrei und Schüsse, und so wussten wir, dass sie höchstwahrscheinlich gerade angegriffen wurden.

Noch am selben Tag beendete ich meine Arbeit und versuchte tagelang, irgendwie zu meiner Familie zu gelangen, von der ich so gut wie gar nichts wusste, aber aufgrund des Krieges war es gar nicht möglich, hin zu kommen. Es wurde eine sehr harte Zeit für mich, eine Zeit, in der ich unter Depressionen gelitten habe und öfters versuchte, Selbstmord zu begehen. Ich rauchte nonestop eine Zigarette nach der anderen.

Als man endlich wieder die Straßen betreten durfte, entschieden Cousin und Onkel, die anderen Familienmitglieder alle abzuholen. Als sie ankamen und ich sie sah, war ich geschockt, und mir tat das Herz weh. Von neun Angehörigen sah ich nur vier vor mir. Vier Schwestern und unser Vater fehlten. Ich brachte die vier in eine Schule, wo sie erst einmal bleiben und die Tage überleben konnten. Meine einzige Aufgabe war es, den ganzen Tag lang zu telefonieren, in der Hoffnung, meine Schwestern retten zu können und unseren Vater begraben zu lassen, bevor seine Leiche von irgendwelchen Tieren gefressen würde. Allerdings waren die Telefonate immer wieder erfolglos.

Doch nach einem harten Monat hatten wir den ersten Erfolg: Unsere älteste Schwester Zaytun hat angerufen, und wir konnten sie retten lassen. Drei Monate später kam der nächste Erfolg, ein Anruf von Khalida, die sagte, dass Waheeda bei ihr sei. So wurden auch diese beiden zum Glück gerettet. Ich erledigte alles Nötige für sie, sorgte für Pässe und schickte sie nach Deutschland, damit sie ein neues Leben anfangen können.

Ich entschied mich, mit meiner Verlobten so lange in einem der Container zu bleiben, bis ich etwas von der letzten gefangenen Schwester Khawla höre. Wir hatten kaum Geld, kaum Strom und Wasser in den Containern, und dies bei 40 bis 45 Grad Hitze. Jeden Tag bin ich unterwegs gewesen, habe nie in Ruhe geschlafen, aber am wichtigsten war es, wegen der gefangenen Schwester weiter zu telefonieren. Von jedem der Angerufenen bekam ich etwas anderes gesagt, viele machten mir leere Hoffnungen und verlangten sogar dafür Geld.

Öfter bekam ich zu hören, ich solle aufgeben, sie wären bestimmt nicht mehr am Leben oder hätten Selbstmord begangen. Doch irgendwann zahlte ich jemandem einen großen Betrag, der elf Mädchen retten wollte, und eine von ihnen war Khawla. Ich vertraute ihm und bezahlte ihn, in der Hoffnung, dass er die Wahrheit sagte. Es stimmte, und so kam Khawla erfolgreich nach einem Jahr an, ich ließ ihren Pass machen und schickte sie zum Rest der Familie.

Nun stand ich mit meiner Verlobten ohne Geld und Familie da und wir durften nicht wie die anderen nach Deutschland. Durch Verwandten kamen wir dann auf die Idee, es übers Mittelmeer zu versuchen. In der Türkei ging es los. Wir riskierten unser Leben dafür. Wir sahen dem Tod ins Gesicht, und die Wahrscheinlichkeit, dass wir ans Ziel kommen könnten, lag bei 1:99. Durch fast zehn Länder kamen wir mit Bus, Zug, zu Fuß und mit dem Schiff, um unser Ziel zu erreichen. Eine Woche lang versuchten wir, so wenig wie möglich zu essen und zu trinken, und so kamen wir am Ende wirklich in Deutschland an. Ich sah meine ganze übrig gebliebene Familie wieder, glücklich beieinander. Und das gab mir Kraft.

Mutter, meine Heldin

Meine Mutter hat mir bewiesen, dass Frauen stärker sind als Männer. Ich war 11 Jahre alt, zu jung, um über so etwas nachzudenken. Doch als ich später über all das, was passiert war, nachdachte, merkte ich, wie stark diese Frau ist. Ich begriff aber auch, dass das, was sie erlebt hat, für fast jede andere Frau unvorstellbar ist. So wie sie ist und war kann in meinen Augen kaum eine Frau sein.

Sie stand jeden Morgen früh auf, putzte das komplette Haus und kochte drei Mahlzeiten für zehn Kinder, ohne sich auch nur im Geringsten zu beschweren oder zu jammern, sie könne nicht mehr. Sie verlor vier ihrer Kinder. Und immer dann, wenn sie versuchte, nicht mehr zu trauern, verlor sie noch ein Kind. Sie litt still unter ihrem Schmerz und ihrer Trauer. Trotzdem war sie für die Sorgen, Beschwerden, und Probleme all ihrer übrigen Kinder jederzeit da. Und sie trug und trägt immer noch Verantwortung für uns alle, egal wie alt wir sind. Seit Vater nicht mehr da ist, ist sie für uns Mutter und Vater zugleich. Obwohl sie aus kulturellen und traditionellen Gründen nie woanders gearbeitet hatte als in Küche, Haus und Garten, wusste sie, wie sie alles machen musste, als es hart auf hart kam. Was mich besonders fasziniert an meiner Mutter ist, was sie sich zum Beispiel einfallen ließ, um uns drei Kinder damals im Gebirge zu schützen. Eines Abends, auf dem Gipfel eines Berges, war es extrem kalt, und wir hatten nichts, um uns schlafen zu legen. Deshalb kam sie auf die Idee, ihr Kleid über uns auszubreiten, damit wir darunter wenigstens im Sitzen ein bisschen schlafen konnten und nicht so sehr frieren mussten.

Wenn man in ein anderes Land auswandert, wo alles anders ist und nichts so wie in der Heimat, ist in unserer Tradition der Vater verantwortlich, dass seine Kinder gut aufwachsen und einen richtigen und guten Weg gehen. Besonders bei Kindern und Jugendlichen, die in der Schule wie auch in der Freizeit falsche Freunde kennenlernen können. Aber obwohl wir keinen Vater mehr hatten, geriet keines von uns auf die schiefe Bahn. Unsere Mutter schaffte es, uns alle unter einen Hut zu kriegen.

Trotz all ihrer Mühen und ihrer Verantwortung hat sie nie ihr Lächeln verloren, nie aufgegeben und immer versucht, uns die allerbeste Mutter zu sein. Ich bin sehr stolz darauf, so eine starke Mutter zu haben und von ihr erzogen worden zu sein.

Vater, mein Vorbild

Trotz strenger Eltern, die ihm so gut wie gar nichts erlaubt hatten und gegen alles waren, was er gern gemacht hätte, schaffte er es, eine Familie zu gründen und einen Job zu kriegen, mit dem er seine Frau und die Kinder gut versorgen konnte. Er sparte sehr viel zusammen, eröffnete drei Läden und kaufte ein Auto. Er erreichte das alles, während jeder dachte, dass es nicht einmal mehr möglich sei, einen Job zu finden und niemand ihn unterstützte.

Für alles, was er machte oder machen wollte, hatte er einen starken Willen, weshalb er auch immer einen Weg fand, Pläne zu verwirklichen. Allerdings gingen auch viele seiner Pläne und Wünsche nicht in Erfüllung, denn er verlor den ihm wichtigsten Menschen, der auf die Läden aufpasste und sich um alles kümmerte: seinen ältesten Sohn, meinen Bruder Ibrahim. Er war seine rechte Hand gewesen.

Der Verlust zerbrach etwas in uns allen, wir waren am Boden zerstört. Keine Läden mehr, kein Geld mehr und kein Ibrahim mehr, der sich um alles gekümmert hatte, was die Familie auf irgendeine Weise immer ein Stück vorwärts brachte.

Vater gab eine lange Zeit alles auf, verlor aber dennoch die Hoffnung nicht, seine andere Hälfte, seinen Sohn Ibrahim, wiederzufinden, allerdings ohne Erfolg. Irgendwann wusste er, dass er selbst etwas tun musste, und fing ganz allein wieder bei Null an. Er war so kreativ und ehrgeizig, dass er uns erneut ein gutes Leben schuf, und er baute uns sogar ein Haus. Er fing an, mit mehreren Angestellten zu arbeiten, machte Geschäfte und schaffte es auch, einen neuen Laden zu eröffnen. Es gelang ihm, Vieles zu verwirklichen, was nach dem Verlust Ibrahims unmöglich erschienen war.

Ich war ein Kind und wusste nicht viel. Ich nahm Vaters Weg gar nicht wahr und konnte noch nicht über so etwas nachdenken. Doch dann, als ich nach Deutschland kam und ein bisschen älter und reifer wurde, dachte ich viel drüber nach, was unser Vater alles ermöglicht hatte, was er für eine Persönlichkeit war und wie viel Mut er gehabt hatte, alles immer wieder aufzubauen und es so zu verwirklichen wie er es wollte. Ich bewunderte ihn erst nur, aber aus meiner heutigen Sicht ist er ein ganz großes Vorbild für mich. Denn so eine starke Persönlichkeit und so einen klaren Kopf haben nur wenige, und auch die Kraft, immer weiter zu machen und niemals aufzugeben, bis man es geschafft hat.

Wiedervereint mit meinen Geschwistern in Deutschland

An einem sicheren Ort: in einer provisorischen Unterkunft in Dohuk

Meine Mutter

Mein Vater

Mein Bruder Ibrahim

Meine Schwester und jüngeren Geschwister, ich bin rechts im Bild

Meine Familie glücklich vereint in Deutschland, nur Ibrahim fehlt

Danke!

Als ich anfing, meine Geschichte in einem gebrochenen Deutsch zu schreiben, träumte ich immer davon, ein Buch daraus zu machen, und ich stellte mir vor, wie andere Menschen es lesen würden, was ich zuerst allerdings für unmöglich hielt. Doch als ich einigen davon erzählte, weckten sie den Glauben an mich und das Zutrauen zu mir selbst, und so fing ich an, meinen Traum wahr zu machen.

An erster Stelle danke ich von ganzem Herzen vor allem meiner Mutter und meinen Geschwistern, die als erste an mich geglaubt und mich motiviert haben. Sie haben mich ermutigt, immer weiter an der Erfüllung meines Traums zu arbeiten.
Ich bedanke mich auch sehr bei Dr. David. Dank ihm ist vieles zustande gekommen, was ich allein nie geschafft hätte. Durch ihn durfte ich Juan Rojas kennenlernen, dessen Buch mich inspirierte und der mich ebenfalls mit Rat und Tat jederzeit unterstützt hat – die viele Hilfe, die ich von ihm bekommen habe, sehe ich als einen Teil dieses Buches.

Auch möchte ich einen großen Dank an Manfred Kling richten, durch den ich Herrn Dr. Mende, meine Lektorin Nora Papajewski und Fritz Arnold kennenlernen durfte. Ohne sie wäre dieses Buch nicht zustande gekommen. Außerdem bedanke ich mich bei Ayse, Kizilhan und all den anderen für die große Unterstützung bei allem, was ich mir vornahm.

Ich sehe mich nicht als einen guten „Schreiber“ oder gar Schriftsteller, aber es ist schön, dass Träume wahr werden können, wenn man fest daran glaubt, sich dafür einsetzt und NIEMALS aufgibt. Auch dann nicht, wenn alles verloren scheint. Zweimal musste ich alles neu aufschreiben, weil meine Daten gelöscht waren. Und wenn ich, der erst seit sieben Jahren in Deutschland ist, es schaffen konnte, weil meine Zuversicht so groß war, dann kann jeder sein Ziel erreichen, wenn er sich mit ganzer Kraft dafür engagiert.

Farhad Alsilo

Herzlichen Glückwunsch lieber Farhad,

heute am 25. Juni 2021 – an deinem 19. Geburtstag – ist dein Traum in Erfüllung gegangen: Du hältst die erste Version deines Buches in Händen. „Das Gefühl kann ich nicht beschreiben, denn es ist unbeschreiblich“, hast du überglücklich gesagt, „das war das beste Geschenk, was ich je bekommen habe und bekommen könnte.“ Ich freue mich sehr, dass ich dir helfen konnte, deinen lang ersehnten Traum zu verwirklichen.

Heute vor sechs Jahren bist du nach Deutschland gekommen und hast deine Erinnerungen an deine verlorene Heimat und Kindheit im Irak und die lebensgefährliche Flucht vor dem IS aufgeschrieben. Schritt für Schritt und Stück für Stück wurden aus den quälenden Bildern im Kopf Worte.

Als mich ein Freund fragte, ob ich deine Worte in eine gut lesbare Form bringen und dir helfen könnte, habe ich – tief berührt von deiner Geschichte – spontan zugesagt. Bedingt durch Corona liefen unsere ersten Kontakte über Mail und Telefon, und ich war überrascht, wie gut dein Deutsch inzwischen ist. Als ich dich dann persönlich kennenlernte, wusste ich gleich, du schaffst es, egal was du dir vornimmst. Vor mir saß ein sympathischer, willensstarker junger Mann mit einem klaren Ziel vor Augen.

Deine Geschichte wurde zu meiner Geschichte: Deine schrecklichen Traumata – und vor allem auch die entsetzlichen Geschichten deiner vom IS entführten und versklavten und zum Glück geretteten Schwestern – haben sich auch in mein Gedächtnis gegraben. Es ist unfassbar, welches Leid du als elfjähriges Kind erleben musstest, was ihr als Familie und alle jesidische Menschen erfahren und ertragen habt. Davon erzählt dieses Buch, das quasi auch mein Buch geworden ist.

Woher kommen diese Kraft, die Hoffnung und Zuversicht? Wie schaffen es Menschen dem denkbar Schlimmsten standzuhalten – ohne dem Wunsch nach Vergeltung? Die Antwort habe ich zum Teil in eurer wechselvollen Geschichte und eurer toleranten und friedfertigen Religion gefunden.

„Wenn Du einem Menschen hilfst, frage nicht nach seiner Religion und auch nicht nach seiner Herkunft, sagt ein jesidisches Sprichwort, das mich besonders beeindruckt und gerade in heutige Zeiten beispielhaft ist.

Meine Recherchen führten mich in euer Heiligtum in Lalish, zu einem allwissenden Gott, der die Erde aus einer Perle erschuf und ihr Wohl in die Hände von sieben Engeln legte, auch die sieben Mysterien genannt. Ich erfuhr von Tausi Melek, dem Pfauen-Engel, den Gott zum obersten Erzengel und zu seinem Stellvertreter auf der Erde ernannte.

Ich habe viel über dein Volk und die jesidische Gemeinschaft gelernt. Meine „Nachlese und Auslese“ im letzten Teil dieses Buches wird auch dem Jesidentum Rechnung tragen: der Tradition und Religion, der seit Jahrtausenden währenden Verfolgung und dem Genozid durch den IS.

Lieber Farhad, ich wünsche dir und deiner lieben Familie ein gutes Leben in Deutschland und deinem Buch viele interessierte Leser und Leserinnen, junge und alte „Follower“.

Nora Papajewski *Stuttgart, 25. Juni 2021*

„Gott schütze
erst die anderen 72 Völker
dann uns“

Jesidisches Gebet

Die Jesiden –
Nachlese und Auslese

Herkunft und Zukunft,
Religion und Tradition,
Flucht und Vertreibung.

Daten und Fakten –
für alle, die mehr wissen wollen.

Wer sind die Jesiden und woher kommen sie?

Die Spuren des Jesidentums führen weit zurück bis nach Mesopotamien. Hier – im Zweistromland zwischen Euphrat und Tigris – ist zur Zeit der Sumerer vor ca. 5000 Jahren die jesidische Religion entstanden. Sie ist 3000 Jahre älter als das Judentum und 2000 Jahre älter als das Christentum.

Die Jesiden selbst definieren sich gern als die älteste Religion. Anfänglich vom Mithraismus und Zoroastrismus stark beeinflusst, entwickelte sie sich im Laufe der Zeit mit Elementen der jüdischen, christlichen und islamischen Religion zu einer neuen Glaubenslehre und Weltanschauung.

Bis heute gibt es bei den Jesiden Feierlichkeiten und Sitten, die denen der Juden und Christen gleichen, wie z.B. die Beschneidung und das Opferfest. Auf dem Tempel des Sheikh Adi in Lalish können wir einen Stern sehen, ähnlich dem von König David.

Kurden oder Jesiden? Oder beides?

Viele Jesiden sind Kurden, aber nicht alle Kurden sind Jesiden. Die Jesiden gehören zur Volksgruppe der Kurden. Sie sind jedoch keine Muslime, sondern bilden eine eigene historisch gewachsene Religionsgemeinschaft mit multiethnischen Anhängern. Ihr Bindeglied ist ihr gemeinsames Glaubensbekenntnis und die gemeinsame Sprache, das nordkurdische Kurmandschi.

Die meisten Jesiden kommen aus dem Irak und sind in der ganzen Welt verstreut. Weltweit gibt es schätzungsweise mehr als eine Million Jesiden. Die Mehrzahl lebt oder lebte in den kurdischen Gebieten im Nordirak, Syrien und der Türkei. Die größte Diaspora ist heute in Deutschland.

Was zeichnet die jesidische Religion und Kultur aus?

Für die Jesiden gibt es keinen Sündenfall, keinen Teufel und keine Hölle. Sie haben keine Hassprediger und glauben an die Liebe: an die allumfassende Liebe Gottes zu den Menschen und allen Geschöpfen und an die Liebe im Elternhaus und in der Gemeinschaft.

Jesiden missionieren nicht und sind tolerant gegenüber anderen Religionen. Sie gaben und geben ihre Werte und Normen bisher durch mündliche Überlieferungen weiter – von Vater an Sohn, von Generation zu Generation. Gelebtes und geteiltes Wissen!

Das Jesidentum ist eine monotheistische, aber keine Buchreligion. Jesiden glauben an einen allmächtigen Schöpfer, den sie mit dem Namen „Ezda“ oder „Hoda“ rufen: „Der, der mich, sich und die Zeit erschaffen hat.“

Der kurdische Name für Gott ist Xwede, Xuda oder Khuda. Das bedeutet so viel wie „sich selbst erschaffen“ oder auch „Schöpfer“.

Jenseitsbruder und Jenseitsschwester

Jesiden glauben an die Wiedergeburt bzw. Seelenwanderung. Bei ihnen ist das Leben kreisförmig und deshalb bedeutet für sie der Tod nicht das Ende. Sie sagen: „Er hat nur sein Kleid gewechselt und kehrt mit einer anderen Seele ins Leben zurück“.

Im Jenseits müssen alle Verstorbenen vor das göttliche Gericht treten. Dort übernehmen die Jenseitsbrüder und Jenseitsschwestern gegenseitig die Mitverantwortung für das, was sie auf der Erde getan haben. In welchem Körper man wiedergeboren wird, entscheiden die Taten im vorherigen Leben. Jeder übernimmt auch die Sünden des anderen. Man wird so lange wiedergeboren, bis die Seele die oberste Stufe der Reinheit erreicht und zu Tausi Melek geht. Die Jenseitsgeschwister, die man in diesem Leben hat, die hatte man auch schon im Leben davor und man wird ihn/sie auch im nächsten Leben wieder wählen. Es ist wie eine Blutsbrüderschaft, vielleicht noch viel mehr. Es ist eine tiefe Verbundenheit und Freundschaft, die für immer gilt. Beide Personen sind füreinander und ihre Familien jederzeit da und unterstützen sich gegenseitig.

Haben die Jesiden heilige Bücher?

Das Jesidentum kennt keine verbindliche religiöse Schrift, wie es vergleichbar die Bibel für die Christen ist. Die Vermittlung religiöser Traditionen und Glaubensvorstellungen beruhte – bisher – ausschließlich auf mündlicher Überlieferung.

Das „Schwarze Buch" oder Meshafa Resh hat dennoch die Bedeutung eines heiligen Buches für die Jesiden. Sie glauben, dass es das Wort Gottes enthält. Im „Schwarzen Buch" wird über die Geschichte der Schöpfung sowie über die Engel und andere Glaubensdinge berichtet, aber auch davon, wie die Menschen am besten leben sollen und was gut und was böse ist.

Tausi Melek – der Engel Pfau

Beweis für die Einzigartigkeit Gottes! Nach der jesidischen Mythologie hat Gott aus seinem Licht in der Form eines siebenfarbigen Regenbogens den Engel Tausi Melek geschaffen, der durch den blauen Pfau symbolisiert wird. Im Auftrag Gottes erschuf Tausi Melek zusammen mit sechs weiteren Engeln die Welt und auch Adam und Eva.

Laut der jesidischen Schöpfungsgeschichte zog Gott sich danach aus der Welt zurück. Sein irdischer Vertreter und Ansprechpartner für die Jesiden ist Tausi Melek, der Engel Pfau.

Für viele Völker im mittleren Osten und Indien ist seit etwa 2800 Jahren der Pfau ein wichtiges Symbol. Als Lichtträger symbolisiert er die himmlische Lichtwelt, die Reinheit und die Sonne.

Am Anfang war nichts. Dann erschuf Gott eine Perle

Die Jesiden glauben u.a., dass Gott vor der Erschaffung der Erde eine Perle schuf. Die Perle zersprang, und heraus kamen die Elemente Erde, Wasser, Luft und Feuer. Deswegen sind die vier Elemente bei den Jesiden heute noch heilig; sie sollen geschützt und respektvoll behandelt werden. So dürfen Jesiden z.B. niemals ins Feuer, ins Wasser oder auf die Erde spucken.

Bevor der Engel Tausi Melek die Welt erschaffen hatte, legte Gott die Perle dem Pfau auf den Rücken und bereiste damit das Universum. Die Perle wird in Kurdisch als „Dirr" bezeichnet. Fragt man Jesiden, von wem sie abstammen, dann sagen einige oft: „vom Dirr, der Perle".

Danach erschuf Gott die Seele und die Musik

Nach der jesidischen Schöpfungsmythologie war am Anfang des menschlichen Lebens Musik. Demnach wurde erst der Körper erschaffen und danach die Seele, die den Körper betreten sollte, um ihn mit Leben zu erfüllen. Sie aber war unwillig und weigerte sich. Da erschuf Gott die Musik und die Seele ließ sich bewegen, den Menschen zu beseelen. Musik spielt in der jesidischen Kultur eine wichtige Rolle.

Wer war Sheikh Adi?

Die Inkarnation von Tausi Melek! Und mehr als das.

Sheikh Adi gilt als der letzte große Reformator des Jesidentums. Er ist für die Gläubigen ein Heiliger und die Inkarnation des obersten Erzengels und von Tausi Melek und von ihm beseelt.

Als im 12. Jhdt. das Jesidentum durch muslimische Progrome fast ausgerottet wurde, gab er den Jesiden eine neue Identität. Um einen Zusammenhalt und ein Überleben der jesidischen Religion zu ermöglichen, erneuerte der charismatische Religionsführer das Jesidentum maßgeblich zu jener Lehre, wie wir sie heute kennen.

So führte er die strengen endogamen Heiratsregeln und das jesidische Kastenwesen ein, dass die jesidische Gemeinschaft in zwei Priesterkasten (Pirs und Sheikhs) und eine Kaste der Laien (Muriden) einteilt. Die Geistlichen haben die Funktion, die Laien zu betreuen und in der religiösen Lehre zu unterweisen. Darüber hinaus nehmen sie wichtige soziale Funktionen wahr. Durch die straffe Organisation und die enge Verbundenheit der Kasten untereinander entstand ein Wir-Gefühl, das den Zusammenhalt der Gemeinschaft stärkte.

Heute noch versuchen die Jesiden sich an die vorgegebenen Regeln zu halten. Vor allem das Endogami-Gebot ist eine Pflicht, die allerdings von den jüngeren Jesiden immer mehr in Frage gestellt wird.

Sheikh Adi starb 1162 und wurde ca. 90 Jahre alt. Er war nie verheiratet, hatte aber viele Verwandte, die dann bei den Jesiden wichtige Rollen spielten. Bis in die Gegenwart glauben die Mir (Fürsten) der Jesiden, aus der Familie von Sheikh Adi zu stammen.

Jede Kaste erfüllt eine andere Aufgabe

Der Mir ist das absolute religiöse Oberhaupt der Jesiden. Er symbolisiert Sheikh Adi und wird als sein direkter Vertreter wie ein Heiliger verehrt. Die Sheiks sind für religiöse Zeremonien wie Taufe, Hochzeit und Begräbnis verantwortlich. In den Aufgabenbereich der Pirs (Alten) fallen die Heilung der Kranken, Einkehr und Meditation. Die Muriden, die Laien, stellen den größten Teil der jesidischen Gesellschaft. Sie sind gleichberechtigt mit den anderen Kasten und haben nur die Pflicht treu, loyal und gläubig zu sein.

Unabhängig von seiner Kastenzugehörigkeit hat jeder Jeside von Geburt an die gleichen persönlichen und wirtschaftlichen Rechte und Pflichten. Kein Jeside ist aufgrund seiner Kaste besser oder schlechter als andere. Auch die Frauen sind gleichberechtigt. Sie müssen Schulen besuchen, können studieren und arbeiten.

Qewals – das religiöse Gedächtnis der Jesiden

Die Quwals, die Hüter der sakralen Texte und Hymnen bilden eine spezielle Gruppe in der Kaste der Muriden. Seit Jahrhunderten – seit Sheikh Adis Reform – ist es ihre Aufgabe die heiligen Überlieferungen und sakralen Texte der Jesiden zu bewahren. Sie studieren die Hymnen, lernen sie auswendig und vermitteln sie weiter. Bei religiösen Feiern und Zeremonien rezitieren sie Gebete und Psalmen, singen Lieder und spielen Tamburin (Def) und Flöte (Sibab) – die heiligen Instrumente der Jesiden.

Die sakralen Texte, die von den Jesiden Qewl genannt werden, sind die Quelle zur jesidischen Mythologie, Weltvorstellung und Philosophie.

Eine besondere Bedeutung haben bzw. hatten dabei Bronzestatuen in Form des Pfaus, die Tausi Melek verkörpern. Die heiligen Statuen werden Khizinet al-Rahman genannt, das bedeutet soviel wie „Schatz des Barmherzigen". Sie stellen die übernatürliche Macht von Tausi Melek dar. Die Jesiden glauben, dass er sie jeden Tag beschützt und vor Unglück und Krankheit bewahren kann. Jedes Jahr wurden oder werden sie beim „Tawüs garan" (wörlich: den Pfau herumführen) in die Dörfer gebracht.

Bevor die Statuen des Tausi Melek von den Quwals in die Dörfer getragen werden, wird ein Kurier geschickt, der den Dorfbewohnern ihr Kommen ankündigt. Dabei verteilt er an die Gläubigen heilige Steine (Berat) aus Lalish.

Der Glaube an Tausi Melek spielt für die Jesiden auch deshalb eine so herausragende Rolle, weil er dabei geholfen hat, trotz der vielen unmenschlichen Repressionen und Verfolgungen, die Hoffnung nicht aufzugeben.

Beim „Tawüs garan" können sowohl Männer als auch Frauen an den Zeremonien teilnehmen. In der jesidischen Religion gibt es keinen Unterschied zwischen Mann und Frau.

Sewran-Hymne über die Schöpfung

Mein Herr erschuf Mann und Frau
Sie entstammen aus den Gebeten meines Herrn
Im Himmel sind beide Teilhaber

Sie sind das Treiben auf Erden
Sie sind das Fundament meines Herzens
Von der Abstammung und vom Fundament her
Sind sie gleich

Heilige Orte, heilige Tiere und Symbole

Lalish – das bedeutendste Heiligtum der Jesiden

„Ort der stummen Besinnung und Erleuchtung". Die geistige Heimat der Jesiden befindet sich in Nordirak, in dem gleichnamigen Tal Lalish, das zwischen den Städten Mosul und Dohuk in der heutigen Autonomen Region Kurdistan liegt. Der weiße Tempel mit der großen Kuppel (Qub) und den charakteristischen Kegeltürmen ist schon von weitem zu sehen.

Am Eingang des weitläufigen Tempelbezirks liegt eine Brücke, die Pira Silava, die „Brücke der Begrüßung". Sie trennt den heiligen vom profanen Teil. Bevor ein Jeside die Brücke überquert, zieht er seine Schuhe aus und geht barfuß weiter, weil er heiligen Boden betritt. Alle Jesiden sollen mindestens einmal im Leben in Lalish gewesen sein.

Ankommen im Paradies

Lalish ist das historische, weltliche, spirituelle und religiöse Zentrum und die zentrale Pilgerstätte der Jesiden – weltweit. In der jesidischen Mythologie ist es der Ort, an dem sich das Paradies befindet.

Hier im „erleuchtenden Lalish" – sowie in Dutzenden weiteren jesidischen Tempeln – wird auf dem Boden der historischen Heimat der Jesiden ihr spirituelles Erbe bewahrt. Hier werden die Kinder getauft, und hier zieht die Seele nach dem Tod ins Paradies ein.

Hier soll die Arche Noah gelandet sein, und so wurde von Lalish aus die Erde besiedelt, heißt es.

Als bedeutendster Tempel und heiligstes Zentrum der Schöpfung war Lalish immer wieder Ziel von Vernichtungsfeldzügen islamischer Feldherren. Mehrfach wurde der Tempel beschädigt, von den Jesiden aber immer wieder restauriert. Ungebrochen ist ihr Wille dieses einzigartige Erbe zu bewahren. Ein starker Wille, den sie tief im Herzen tragen. Lalish steht bis heute für die Widerstandskraft und die Hoffnung.

Kaniya Sipi – die Heilige Weiße Quelle

Hier im heiligen Tempel von Lalish befindet sich nach jesidischem Glauben der Ursprung der Schöpfung: die berühmte heilige „Weiße Quelle Kaniya Sipi" – die Jesiden glauben, dass man die Seele nach der Geburt in dieser Quelle reinigen muss. Sie trinken das heilige Wasser und reinigen damit ihr Gesicht. Das soll sie vor Krankheit schützen und Glück bringen. In der Weißen Quelle werden, wie bereits erwähnt, die jesidischen Kinder getauft. Für alle, die nicht persönlich nach Lalish kommen können, gibt es Flakons, die Wasser aus der Weißen Quelle enthalten.

Heiliges Wasser und geweihte Erde

Aus Lalish bringen die Jesiden auch geweihte Erde mit, die mit dem heiligen Wasser der Kaniya Sipi-Quelle zu kleinen, festen Tonkügelchen geformt wird. Hergestellt wird Berat von den Fakras, Angehörigen eines jesidischen Frauenordens in Lalish und die Sheikhs verteilen es an die Gläubigen.

Berat ist ein Symbol für die Urperle und die Welt. Es spielt eine wichtige Rolle bei religiösen Zeremonien und soll vor Unheil schützen. Deshalb sollte es jeder Jeside bei sich tragen.

Das Allerheiligste in Lalish ist das Grab von Sheikh Adi

Der schlichte Sarkophag wird von den Gläubigen mit grünen, roten und gelben Stoffen umhüllt. Eine schwarze Schlange am Eingang des Schreins soll ihn beschützen. Sie wird von den Gläubigen geküsst, ebenso die Türschwelle, die nicht betreten werden darf.

Für die Jesiden ist die schwarze Schlange heilig. Sie ist ein Sinnbild für die Zeit, die Jahreszeiten und den Lebensweg. Sie darf auf keinen Fall getötet werden. Auch der Skorpion wird von den Jesiden als heiliges Tier gehütet und verehrt. Er symbolisiert die Sonne und vereinigt sich jedes Jahr am 23. Oktober mit ihr.

Heilige Riten und traditionelle Feste

Religiöse Rituale und die gemeinsame Tradition verbinden Jesiden in aller Welt und halten die Gemeinschaft zusammen. Man unterscheidet feste Feiertage und bewegliche Feiertage. Zu den wichtigsten jesidischen Festtagen im jesidischen Kalender gehören Neujahr, das Versammlungsfest und das Ida Ezi Fest.

Carshema Sor – Roter Mittwoch

Das Neujahrsfest wird bei den Jesiden am ersten Mittwoch im April gefeiert. Gott soll an diesem Tag Tausi Melek den Auftrag gegeben haben, auf die Erde zu gehen und sie bewohnbar zu machen. Jedes Jahr soll der Engel Pfau erneut auf die Erde kommen, um den Gläubigen Schutz zu geben und ihnen Gesundheit und Wohlstand zu schenken.

Nach jesidischen Erzählungen begibt sich der Tausi Melek jedes Jahr am Roten Mittwoch auf die Erde und hält eine Ratsversammlung ab, in der das alte Jahr überdacht und bewertet und das neue Jahr geplant wird.

Die rote Farbe gilt bei den Jesiden als Symbol für Hoffnung und Wärme. Rot wird sinnbildlich mit dem Feuer gleichgesetzt, das bei den Jesiden heilig ist.

So wie Weihnachten für die Christen, ist der Rote Mittwoch das wichtigste Familienfest der Jesiden. Auch in der Diaspora kommen die Angehörigen von nah und fern zusammen und feiern miteinander.

Zur Feier des Tages werden die Hauseingänge mit Blumen und grünen Zweigen dekoriert. Es werden Basembar – gelb-rot-weiß-grüne Bänder – geflochten und als Armband oder Zopfbinde getragen. Außerdem werden die Gräber der Verstorbenen besucht und geschmückt. Und wie an Ostern werden Eier bunt gefärbt, sie erinnern an die Erschaffung der Welt.

In Lalish warten die Gläubigen auf einen Würdenträger, der ihnen das heilige Feuer bringt. Gleichzeitig wird von den Priestern am Eingang des Tempels eine heilige Hymne gesungen, und die Qewls erzählen Geschichten mit religiösem Hintergrund.

Der April gilt als heiliger Monat. Manche Jesiden glauben, dass in diesem Monat die Engel heiraten, und deshalb sollen Jesiden sich in diesem Monat nicht trauen lassen und keine Hochzeit feiern.

Cemija – das Fest der Versammlung

Das jesidische Versammlungsfest, auch Scheich-Adi-Fest genannt, wird in Lalish im Juli und im Oktober zu Ehren des Heiligen gefeiert. Vor allem im Oktober, ist es das wichtigste Ereignis des ganzen Jahres. Vom 6. bis 13. Oktober wird gefeiert, getanzt und gegessen.

Einer der Höhepunkte ist am sechsten Tag das Bullenopfer. Das Fleisch wird an die Gläubigen verteilt, und wer davon isst, hat ein Jahr lang Glück. Die Jesiden opfern den Bullen für die ganze Menschheit. Sie hoffen dabei auf ein harmonisches und friedliches Leben auf der Erde.

Jeder Jeside ist verpflichtet, wenn er die Möglichkeit dazu hat, mindestens einmal im Leben an diesen besonderen Ritualen und Zeremonien in Lalish teilzunehmen. Das Cemija-Fest ist eine religiöse Feier. Es soll den Glauben und das gemeinschaftliche Zusammenleben stärken.

Das Ida Ezi Fest – zu Ehren Gottes

Die Fastentage symbolisieren die immer kürzer werdenden Tage vor der Wintersonnenwende. Mit dem Ida Edzi Fest wird das Ende der kurzen und dunklen Taage gefeiert. Die Erde wendet sich wieder Sonne zu. Die Tage werden länger und das Licht kehrt zurück. So wie im Mithraismus die Verehrung der Sonne eine zentrale Rolle spielte, gilt auch im Jesidentum die Sonne als Symbol des Lebens.

Der Glaube der Jesiden ist ein mystischer Weg zum Verständnis und Annäherung zu Gott: durch die Elemente Sonne, Mond, Feuer, Wasser und Luft. Die Sonne aber ist das Allerheiligste dieser „göttlichen Elemente“. Sie steht für das

Feuer und das Licht Gottes und durch sie werden die Dinge in der Welt erkennbar.

Die Jesiden sehen sich als die Töchter und Söhne der Sonne

Im Sonnenlicht erkennen sie das Gute und damit Gottes Heiligkeit Alles Gute das von Gott kommt wird repräsentiert von Tausi Melek. Er ist das positive, reine und helle Licht Gottes. Und so wie im Sonnenlicht sehen die Jesiden Gottes Gegenwart auch im Licht der Flamme.

Erhellende Einblicke in andere Kulturen

Ob Sonne, Feuer, Flamme oder Licht: Diese Elemente sind in nahezu allen Religionen vertreten und spielen in vielen Mythen eine tragende Rolle. Im alten Ägypten war die Sonne lange Zeit in Form von Re/Ra oberste Gottheit, sie befuhr in einer Sonnenbarke den Himmel. Die Griechen verehrten den Sonnengott Helios, der im Osten aus dem Ozean auftauchte, über den Himmel wanderte und abends wieder im Meer verschwand.

Im antiken Rom der Kaiserzeit war der Sonnengott Sol Invictus sehr populär, damals wurde der Sonntag (dies solis) zum allgemeinen Feiertag erhoben. Für die christlich abendländliche Kultur ist die Übereinstimmung des Sol-Feiertags am 25. Dezember mit dem christlichen Weihnachtsfest erkennbar.

Und Gott sprach, es werde Licht und es ward Licht.

Zitat aus dem Buch Genesis

Feste im Lebenszyklus der Jesiden

Bisk – Fest der ersten Haarlocke

Erst im siebten, neunten oder spätesten im elften Monat nach der Geburt eines Jungen, ist es erlaubt, seine Haare zu schneiden. Bei den Mädchen werden die Haare nicht abgeschnitten, sie werden mit dem heiligen Wasser des Heiligtums Lalish getauft. Der Sheikh des Kindes nimmt drei Locken, zwei gibt er den Eltern und eine behält er für sich. Während der Zeremonie spricht der Sheikh kurze Gebete: Er widmet das Haar des Kindes den Vorfahren Sheikh Adis und bittet ihn, dabei zu helfen, dass das Kind behütet und ohne Schaden aufwächst.

Durch das Ritual der Haarbeschneidung wird das Kind offizielles Mitglied der jesidischen Religion – ähnlich wie bei der christlichen Taufe. Die Taufe wird auch Mohrkirin genannt und bedeutet soviel wie „dazugehören". Wenn möglich, werden die Kinder in Lalish, in der heiligen Weißen Quelle getauft.

Die Beschneidung

Die Beschneidung der jesidischen Jungen und Männer ist Pflicht. Sie wird meist nach der Geburt, manchmal auch erst vor der Hochzeit oder nach dem Tod vollzogen, denn ein Jeside darf nicht unbeschnitten beerdigt werden, so sagt es die Mehrheit der Jesiden.

Der Vater sucht für seinen Sohn einen Kiriv, einen Paten oder Patenonkel. Dieser muss aus einer anderen Kaste stammen, aber nicht unbedingt Jeside sein. Der Kiriv ist mit dem Jungen lebenslang eng verbunden, wie mit einem Blutsverwandten. Jeder ist für den anderen mitverantwortlich.

Gebete und Gebote

„Gott schütze erst die anderen 72 Völker dann uns“

Von Adam und Eva stammen 72 Kinder, die für die 72 Völker der Erde stehen. So erklärt die jesidische Überlieferung die Erschaffung der Erde. Und diese Erde gilt es zu schützen. Das ist ein wichtiges Prinzip, das alle Handlungen in der jesidischen Gemeinschaft bestimmt.

Beten ist keine Pflicht. Jedem Gläubigen ist aber freigestellt, wie oft und wo er betet. Das Vertrauen auf Tausi Melek reicht völlig aus. Wer beten möchte, wendet sich zur Sonne.

Yasar Kemal (1923-2015), ein bekannter kurdischer Schriftsteller sagte: „dreimal am Tag wenden sie sich der Sonne zu. Ihre Gebete sind nicht wie unsere, einstudiert. Jeder der will, mag er Kind, jung oder alt, Emir oder Scheich sein, stellt sich vor die Sonne und erzählt ihr das, was in diesem Augenblick aus seinem Herzen spricht. Vielleicht sind diese die schönsten Gebete, die die Menschheit je hervorgebracht hat.“

Maßgebliche Gebote

- Jesiden sollen nicht in eine andere Kaste oder fremde Religionsgemeinschaft heiraten
- Jesiden dürfen andere nicht beleidigen und sollen nicht lügen
- Jesiden dürfen nicht den Namen des Bösen (Teufels) sagen
- Jeder Jeside und jede Jesidin sollte einen Merebbi (Lehrer), einen Pir, einen Sheikh und einen Jenseitsbruder/eine Jenseitsschwester haben
- Man darf nicht im April und nicht an einem Mittwoch heiraten, da dies ein heiliger Monat bzw. Tag ist.

Blau: die Farbe des Himmels und der Trauer

Aus Respekt vor der Natur und vor Gott vermeiden einige Jesiden, die Farbe Blau zu tragen, weil dass die Farbe des Himmels und des Wassers ist. Für andere ist Blau tabu, weil sie damit ein Massaker an den Jesiden verbinden. Im 17. Jahrhundert drangen persische Soldaten in blauen Uniformen in die jesidischen Siedlungsgebiete ein und zerstörten die Dörfer, verwüsteten die Felder und töteten Tiere und Menschen. An dieses Gebot halten sich allerdings heutzutage die meisten Jesiden nicht mehr – weder in der Diaspora noch im Irak und in Kurdistan.

Verfolgung, Vertreibung und Völkermord

Immer wieder wurden die Jesiden in ihrer Geschichte als sogenannte „Teufelsanbeter“ verfolgt. Weil sie einen Widersacher zu Gott nicht anerkennen und den Namen des Bösen nicht aussprechen sind sie bis heute Verleumdungen, Verfolgungen und Massakern ausgesetzt. Intolerante Muslime unterstellen Jesiden, sie würden den Namen Teufel nicht aussprechen, weil sie ihn verehren. Ein Irrtum, der das jesidische Volk nahezu auslöschte.

DAESH, IS, ISIS – drei Worte für ein kollektives Trauma

Im Sommer 2014 tritt im Norden des Irak eine Terrororganisation ins Scheinwerferlicht, wie sie die Welt noch nicht gesehen hat. Sie nennt sich anmaßend „Islamischer Staat im Irak und in Syrien“, später schlicht: „Islamischer Staat“. Ihre Ideologie ist eine rückwärtsgewandte, extrem fundamentalistische Auslegung des sunnitischen Islam.

Sie hat in den Jahren davor mehrere Häutungen erlebt. Ihre Wurzeln hat sie unter anderem im sunnitischen Widerstand gegen die amerikanische Besetzung des Irak, später gehörte sie zum Al-Kaida-Netzwerk, von dem sie sich 2014 löste. Mit jeder Häutung wurde die Organisation radikaler.

3. August 2014 – das Morden beginnt

An diesem Sommertag bricht über die Jesiden das herein, das sich in ihr kollektives Gedächtnis als 74. Ferman, der 74. Genozid an ihnen, einbrennen wird, und was auch die Vereinten Nationen als Völkermord bezeichnen werden. Die Kämpfer des IS überfallen ihre Siedlungsgebiete, rasen mit Humvees und Pickups heran, beschießen die Dörfer und Kleinstädte mit schwerer Artillerie.

Vor den Augen der Weltöffentlichkeit werden Hunderte von jesidischen Männern und Jungen ermordet. Sie werden vor den Augen ihrer Familien und Kinder erschossen, geköpft und misshandelt. Frauen und Mädchen werden verschleppt, versklavt, verkauft, vergewaltigt und zwangsverheiratet.

Wer kann, rettet sich in die Berge und flieht durch die Wüste. Die Bilder der staubbedeckten verzweifelten Menschen gehen um die Welt. Viele verhungern und verdursten. Die völlig Erschöpften suchen Schutz in Syrien, in der Türkei und in der Autonomieregion im Irak (Kurdistan). Hier leben sie unter katastrophalen Bedingungen in Rohbauten und unter freiem Himmel und in notdürftigen Zeltlagern.

Das Elend nimmt kein Ende

Noch immer leben Tausende von Binnenflüchtlingen in riesigen, überfüllten Flüchtlingscamps. Mehr als 250.000 warten in Südkurdistan darauf, dass sie wieder in ihre Dörfer und Häuser zurückkehren können. Auch im Sindschar-Gebirge harren noch immer Tausende Jesiden in schwer zugänglichen provisorischen Lagern aus. Sie alle hoffen, eines Tages wieder in ihren angestammten Siedlungsgebieten in Sicherheit leben zu können. Aber die Erfüllung dieser Hoffnun ist nicht in Sicht.

Das IS-Kalifat ist zwar Geschichte, hat aber verbrannte Erde hinterlassen: verwüstete Felder, eine zerstörte Infrastruktur, tödliche Sprengfallen und Massengräber mit mehreren tausend Opfern. Viele ehemalige Kämpfer haben sich in den Untergrund zurückgezogen und verüben immer wieder Anschläge.

Wo ist Dilan, wo sind Rohat und Farida?

Schätzungsweise sind mehr als 7000 Frauen und junge Mädchen in die Hände der Terroristen gefallen. Noch heute werden viele vermisst, auch kleine Kinder. Vom IS geraubte Jungen werden – in speziellen Lagern isoliert – für den islamistischen Terror-Kampf ausgebildet und als Kindersoldaten missbraucht.

Etwa 70.000 Jesiden sind ins Ausland geflohen. Darunter sind 1.100 schwer traumatisierte Frauen, die 2015 über das Sonderkontingent des Landes Baden-Württemberg für besonders schutzbedürftige Frauen und Kinder aus dem Nordirak nach Deutschland gekommen sind. Eine davon ist Nadia Murad. Als UN-Botschafterin kämpft sie heute für die Rechte der Jesiden. Für ihr Engagement erhielt sie 2018 den Friedensnobelpreis. Sie fordert:

„Der Genozid darf nicht verdrängt und verschwiegen werden"!

Am 1. Dezember 2016 sprach Nadia Murad vor dem baden-württembergischen Landtag. „Heute stehe ich hier und spreche zu Ihnen als Frau, die Daesh nicht zerstören konnte, die überlebt hat. Und ich bin nicht alleine: Es gibt viele von uns ... Wir sagen: Nicht wir haben unsere Ehre verloren, sondern nur Daesh und deren Freunde haben ihre Ehre verloren. Und wir beten täglich, dass noch mehr von uns aus den schmutzigen Händen der Terroristen befreit werden können.

Wir glauben, dass wir auch deswegen überlebt haben, um der Welt von den Verbrechen von Daesh zu berichten, um die Welt um Hilfe zu bitten, und um dafür einzutreten, dass die Täter vor internationale Gerichte gestellt werden. Niemand soll sagen können, er habe von diesen Verbrechen nichts gewusst!

Dabei geht es um Gerechtigkeit, nicht um Rache. Und es geht uns darum, dass wir Jugendliche auch in Europa davor bewahren, sich dieser Ideologie des Hasses anzuschließen. Denn wenn die Welt es den Terroristen erlauben würde, sich nur die Bärte abzurasieren und so zu tun, als ob nichts geschehen wäre – dann wird der Terror nicht enden. Dann wird der Genozid verdrängt und vergessen, dann wird es weitere Gruppen wie Daesh geben. Und sie werden weitere Völker wie das der Eziden auslöschen – ganz gleich ob jetzt oder später.

Sie, sehr geehrter Ministerpräsident Kretschmann, haben gemeinsam mit Ihrem Minister Klaus-Peter Murawski das Flehen des Zentralrates der Eziden in Deutschland gehört. Baden-Württemberg hat und braucht keine Armee. Doch

Sie haben den Vorschlag gemacht, das Ihr Land bis zu 1.000 Frauen und Kinder aus Kurdistan-Irak holen kann, die in den Händen von Daesh gewesen sind und alles verloren haben.

Sie haben mit diesem Vorschlag nicht nur unser Leben gerettet, sondern auch unsere Stimmen. Hätten Sie uns nicht die Sicherheit und Unterstützung gegeben; wie hätten wir sprechen können? Und wer hätte uns gehört? Dass ich zu den Vereinten Nationen, zu Ihrer Bundeskanzlerin und heute zu Ihnen sprechen kann, wäre ohne dieses Sonderkontingent nicht möglich gewesen. Ich habe dies in allen Ländern berichtet und werde es weiterhin tun – Ihre Landesregierung ist die erste weltweit, die solch ein humanitäres Projekt durchgeführt hat. Bitte nehmen Sie den Dank aller Geretteten dafür an.

Baden-Württemberg ist erfreulicherweise eine Demokratie, keine Diktatur. Ich weiß: Dass das Sonderkontingent Wirklichkeit werden konnte, liegt an allen Mitgliedern der Regierung und an Ihnen, den Abgeordneten dieses Parlaments.

Ich habe erfahren, dass Vertreter aller Parteien dieses Parlaments im Jahr 2014 diesem „Sonderkontingent für schutzbedürftige Frauen und Kinder aus dem Nordirak“ zugestimmt haben. Sie alle haben sich für die Menschlichkeit entschieden. Auch die Städte und Gemeinden, die uns aufgenommen haben, haben dies freiwillig getan. Ich möchte allen Mitarbeitern und vor allem den Sozialarbeiterinnen, Dolmetscherinnen und Ehrenamtlichen für ihre wertvolle Arbeit und Unterstützung danken.

Und erlauben Sie mir auch, besonders die Menschen anzusprechen, die ihr eigenes Leben eingesetzt haben, um uns zu retten und in Sicherheit zu bringen: das Team des Sonderkontingents unter Leitung von Dr. Michael Blume. Heute anwesend sind aus seinem Team Professor Ilhan Kizilhan, Hes Sedik, Mirza Dinayani und Simone Helmschrott. Sie und einige andere haben dem Land Baden-Württemberg große Ehre gemacht; und sie haben uns Hoffnung gegeben. Sie alle haben uns gezeigt, dass die Welt uns nicht vergessen hat, dass wir doch noch eine Zukunft haben werden und dass das Unrecht am Ende nicht siegen wird.

Im Namen aller Opfer des Terrors und aller 1.100 Frauen und Kinder, die Sie in Sicherheit gebracht haben, danke ich Ihnen aus tiefstem Herzen!

Für Deutschland mag es dabei Alltag sein, dass Frauen und Männer, Christen, Eziden, Muslime und auch Menschen ohne Religion zusammenarbeiten. Doch die ehrenwerten Botschafter des Irak und der Region Kurdistan-Irak, werden Ihnen bestätigen, dass dies leider alles andere als selbstverständlich ist.

Terroristen und Verräter haben es an vielen Orten geschafft, das Vertrauen zwischen den Religionen und Völkern so zu zerstören, dass die Gewalt kein Ende nimmt. Und sie werden nicht damit aufhören, sondern weiterhin versuchen, Angst, Hass und Kriege zwischen den Menschen zu säen.

Doch eine Rückkehr in die Heimat wird nur möglich sein, wenn die Eziden wieder Vertrauen in ihre Zukunft und ihr Land bekommen können. Dazu gehört, dass die Geschehnisse um Daesh ehrlich aufgearbeitet werden. Schon jetzt erleben wir leider Versuche, die Geschichte unseres Volkes nachträglich so umzudeuten, dass der Genozid verdrängt und verschwiegen wird. Ich danke daher auch Bundeskanzlerin Merkel für ihren Vorschlag einer Autonomie des ezidischen Volkes mit internationaler Hilfe und Aufsicht. Ich bitte die Regierungen im Irak und in Kurdistan-Irak um mehr Unterstützung des ezidischen Volkes und aller anderen religiösen Minderheiten im Irak wie etwa Christen und Sabier sowie um ihre Einsicht dafür, dass Vertrauen wiedergewonnen werden muss.

Jedoch dieses Mal mit Tiefgründigkeit und Gewissheit, das sich die Geschehnisse nicht wiederholen. Solange keine handfesten Lösungen für die Eziden sowie für andere religiöse Minderheiten im Irak und in Kurdistan-Irak gefunden werden, werden diese Menschen ihre Heimat in Richtung Europa verlassen, so wie die Eziden aus Syrien und aus der Türkei geflüchtet sind.

Nur so kann Daesh wirklich besiegt werden, der Wiederaufbau gelingen und der Strom der Flüchtlinge in andere Länder enden. Nur so kann mein Volk in seiner Heimat überleben.

Liebe Frau Präsidentin, lieber Herr Ministerpräsident, geehrte Abgeordnete, mir ist die große Ehre bewusst, die Sie mir erwiesen haben, als Sonderbotschafterin der Vereinten Nationen vor Ihnen zu sprechen. Und ich will dies nicht nur im Namen meines Volkes und aller Opfer von Daesh tun, sondern auch im Namen aller Flüchtlinge, die Deutschland bei sich aufgenommen hat.

Die meisten sind gute Menschen, auch wenn sie oft mit anderen Werten aufgezogen wurden, ihre geliebte Heimat nicht freiwillig verlassen und furchtbare Dinge erlebt haben. Gerade weil wir Krieg und Gewalt selbst erlebt haben, stehen wir aber auch an Ihrer Seite, wenn es darum geht, Terroristen und Kriminellen Einhalt zu gebieten!

Denn die allermeisten von uns wissen, was sie Deutschland und seinen Menschen zu verdanken haben. Wir wissen, dass Deutschland kein Öl hat, sondern seinen Wohlstand aus dem Fleiß und der Bildung seiner Menschen schöpft. Genau deshalb konnte es eine glückliche Demokratie werden. Wir wissen, dass die Kirchen dieses Landes aus den Fehlern der Vergangenheit gelernt haben, dass sie den Dialog mit Andersglaubenden suchen, dass sie Bedürftigen mit Liebe begegnen und Hassprediger in ihren Reihen nicht mehr dulden.

Von muslimischen Gemeinschaften und Regierungen wünsche ich mir die gleiche Entschlossenheit in der Auseinandersetzung mit dem Extremismus. Jetzt sollten sich vor allem Muslime und deren Religionsträger und Oberhäupter öffentlich gegen Extremismus, Terrorismus und Gewalt aussprechen und alle anderen Religionen, Ethnien und Nationalitäten akzeptieren und respektieren.

Wann immer im Namen Gottes Feindschaft und Hass gepredigt werden, leiden und sterben Menschen! Wir Aufgenommenen wissen, dass wir ein Teil von Deutschland werden können, wenn wir die Gesetze achten, die Sprache lernen und mitarbeiten. Deutschland ist vielen von uns zu einem Segen geworden; noch in Generationen wird man daran denken. Und wir wollen alles dafür tun, dass auch wir wiederum zu einem Segen für Sie werden können.

Nadia Murad

Rede von Nadia Murad im Landtag Baden-Württemberg am 1. Dezember 2016, Aus der Gewalt des „Islamischen Staates" nach Württemberg, Evaluation des Sonderkontingents für besonders schutzbedürftige Frauen und Kinder aus dem Nordirak

Jesiden in Deutschland

Eine Religion ist angekommen und hat eine neue Heimat gefunden

Aber auch in der Diaspora bleibt die lange Verfolgungs- und Leidensgeschichte im kollektiven Trauma-Gedächtnis der Jesidinnen und Jesiden ungebrochen präsent. Der Genozid ist für sie nicht vorbei.

In einem Interview mit t-online am 6. September 2021 erklärt Gohdar Alkaidy, der ehrenamtliche Co-Vorsitzende der Stelle für Jesidische Angelegenheiten in Berlin: „Die gesamte Gemeinschaft ist traumatisiert worden und sehnt sich nach einer offiziellen Anerkennung der IS-Verbrechen. Aber auch für die deutsche Gesellschaft wäre es wichtig: Alle die, die sich der Terror-Organisation IS angeschlossen hatten, müssten sich dann vor Gericht für ihre Beteiligung an dem Völkermord verantworten".

„Es geht um die Beachtung ihres Leids, das sie erfahren haben. Belgien, die Niederlande, das EU-Parlament, die Vereinten Nationen oder auch das Außenministerium der USA haben den Völkermord längst als solchen deklariert. Aber Deutschland noch nicht. Und das, obwohl es hier seit Jahrzehnten die größte jesidische Diaspora-Gemeinde der Welt gibt". Aktuell leben 250.000 Jesidinnen und Jesiden in Deutschland.

Erst kamen Gastarbeiter, dann Flüchtlinge

Die ersten Jesiden kamen in den 60er und 70er Jahren als „türkische Gastarbeiter". Große jesidische Gemeinschaften entstanden vor allem in den Bundesländern Niedersachsen, Nordrhein-Westfalen und Hessen. Nach dem Militärputsch in der Türkei im September 1980 flüchteten viele Jesiden nach Deutschland.

Die dritte und wohl dramatischste Phase jesidischer Zuwanderung aber begann mit dem Genozid im Nordirak. Es war die jesidische Diaspora, die im Jahr 2014 die Politik auf den Völkermord in Shingal aufmerksam machte – das größte homogen besiedelte Gebiet der Religions-Gemeinschaft, wurde mit einem Schlag zerstört. Hier lebten etwa 450.00 Menschen.

Dass die jesidischen „Gastarbeiter" aus der Türkei seit den 1980er Jahren den rechtlichen Status bekamen, in Deutschland zu bleiben, trug zum sozialen Ankommen in der Gesellschaft bei. Für alle anderen blieb die Anerkennung als Flüchtlinge weiterhin eine Einzelfallentscheidung.

Anforderungen und Herausforderung

Das Leben der Jesiden in Deutschland ist geprägt vom Bemühen um Verwurzelung in der neuen Heimat. Das ist anstrengend. Während sie in den traditionellen Herkunftsstaaten überwiegend in der Agrar- und Landwirtschaft tätig waren, leben sie hier in völlig anderen gesellschaftlichen Verhältnissen.

Angst vor Verlust der religiösen Werte

Die jesidische Gemeinschaft befindet sich in einem dynamischen Prozess der Veränderung. Viele bewegt die Frage und die Angst vor Identitätsverlust: Kann das Jesidentum weiter bestehen, wenn das über Jahrhunderte „gelebte Wissen" nicht mehr wie bislang tradiert wird. Wenn statt der mündlichen Überlieferungen, das geschriebene Wort zählt? Insbesondere bei der ersten und zweiten Migranten-Generation ist die Verunsicherung groß. Bei der dritten und vierten Generation wächst der Wunsch nach einer Verschriftlichung religiöser Lehren. Schließlich ist sie der Schlüssel zu Bildung und Integration.

Quellen

Florian P. June, Jana Denkinger, Jan I. Kizilhan, Stephan Zipfel: (Aus der Gewalt des Islamischen Staates“ nach Baden-Württemberg), Weinheim 2019

Jan Jessen: Der Genozid an den Eziden durch den IS 2014 (Aus der Gewalt des Islamischen Staates“ nach Baden-Württemberg), Weinheim 2019

Jan I. Kizilhan: Wer sind die Eziden?, Berlin 2013

Katharina Brizić und Şefik Tagay: Ezidische Geschichte, erzählt und geschrieben
(Aus der Gewalt des Islamischen Staates“ nach Baden-Württemberg), Weinheim 2019

Patrick Alexander Hahn: Geschichte des Pfauenvolkes, Oldenburg 2019

S. Levant Oezkan: Die Jesiden Kinder der Sonne, Berlin 2020

Sefik Tagay und Serhat Ortac: Die Eziden und das Ezidentum, Hamburg 2016

Yilman Holtz-Ersahin, slideplayer.org

Zemfira Dlovani: Der Genozid ist nicht zu Ende, taz.de 2021

swr2 Wissen

chrismon.das evangelische Magazin

www.nzz.ch: bedeutende Minderheiten im Orient –
Jagd auf den Engel Pfau, 2017

www.ezidipress.com

www.ezipedia.de

www.ezidische-akademie.de

www.religionen.at

www.wikipedia.org

www.deutschland.de

www.t-online.de:
Jesiden – Genozid und Deutschland, 2021

Und weitere Fachartikel und Portale

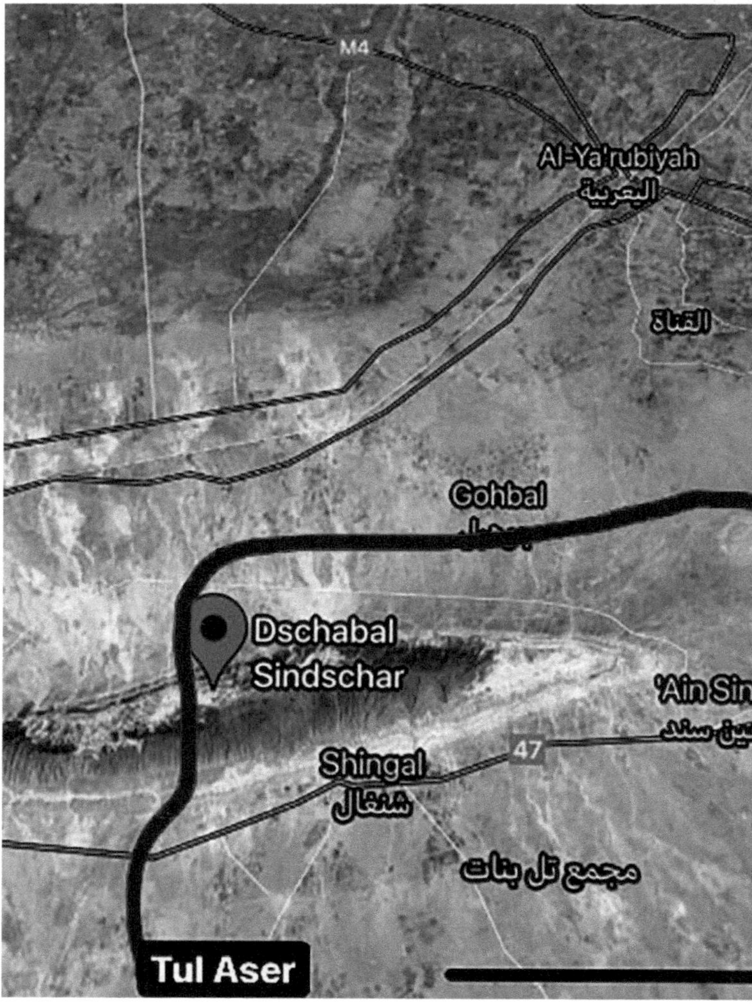

3. August 2014 Beginn eines Traumas: die Flucht meiner Familie vor dem IS – von Tul Asar nach Kurdistan. Tagelang barfuß durch die brennend heiße Wüste übers Sindschar-Gebirge nach Dohuk.

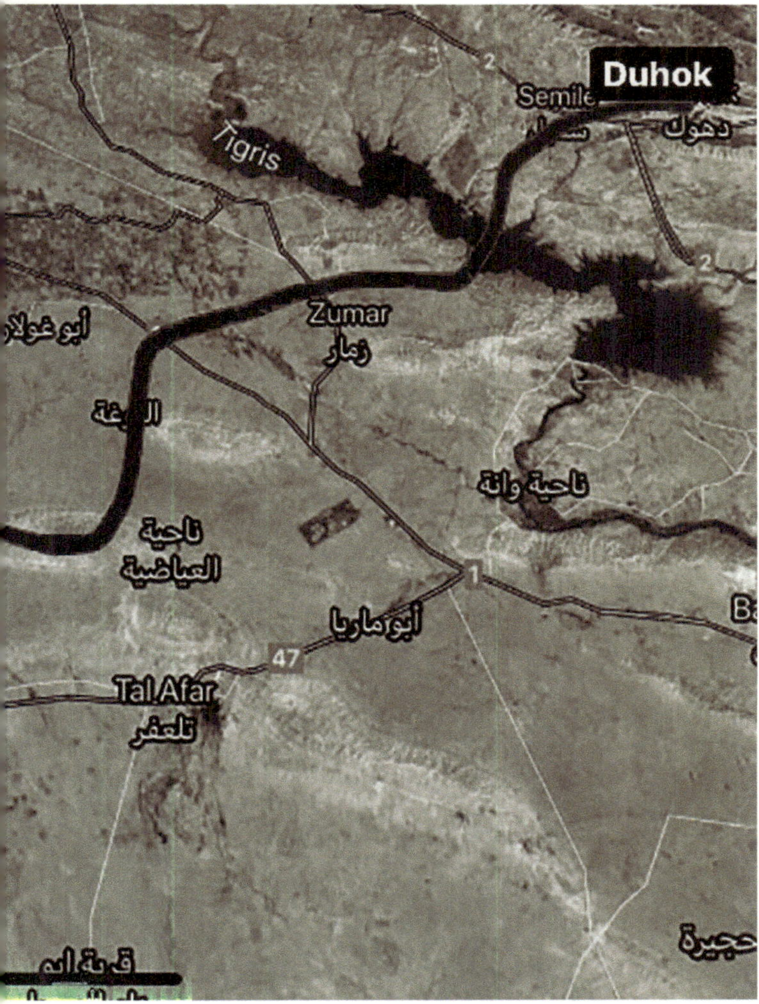

Quelle: Google Maps